Leere Menge steht auf der

- Shortlist des *Internationalen Literaturpreises 2023*
- *Hotlist 2023*
- 59. Litprom-Bestenliste *Weltempfänger*
- Empfehlungsliste *Bayerns beste Independent Bücher 2023*

Lässt sich eine Affäre geometrisch darstellen? Eine Familie zeichnen? Können Baumringe von verschwundenen Müttern und Paralleluniversen erzählen? »Leere Menge« ist ein Versuch, mit der Erfahrung von Verlust umzugehen sowie Beziehungen, Verhältnisse und Situationen in Zeichnungen und Diagrammen zu erfassen. Denn: »Manche Dinge, da bin ich mir sicher, lassen sich nicht mit Worten ausdrücken.«

Nach ihrer Trennung von Tordo kehrt Verónica in die Wohnung ihrer Mutter zurück. Dort erkundet sie die Leere, Einsamkeit und Ungewissheit, die ihre Mutter hinterließ, nachdem diese vor Jahren verschwunden ist. Zwischen verstaubten Möbeln und Pflanzenskeletten sucht sie nach Gründen und versucht, dem Rätsel auf die Spur zu kommen.

Während der argentinischen Militärdiktatur (1976–1983) flohen viele Menschen ins Exil, unter anderem nach Mexiko. So auch die Mutter der Protagonistin. Verónica Gerber Bicecci geht auf poetische Weise den Auswirkungen nach, die jenes Exil auf die mexikanische Gesellschaft, speziell auf die Kinder der argentinischen Exilanten, bis heute hat.

Verónica Gerber Bicecci

Leere Menge

Roman

Aus dem mexikanischen Spanisch
von Birgit Weilguny

MaroVerlag

Für meinen Bruder Ale,
die andere Hälfte der leeren Menge.

Das Verzeichnis meiner Liebesbeziehungen ist eine Sammlung von Anfängen. Eine definitiv unvollendete Landschaft voller überfluteter Gräben, freiliegender Fundamente und bröckelndem Mauerwerk; eine innere Nekropole, die sich, seit ich(I) denken kann, in der ersten Bauphase befindet. Wer sich zu einer Sammlerin von Anfängen entwickelt, stellt bald mit geradezu wissenschaftlicher Präzision fest, wie gering die Bandbreite möglicher Enden ist. Ich(I) bin in erster Linie dazu verurteilt, zu verzichten. Nicht dass es einen großen Unterschied machen würde, die meisten Liebesgeschichten enden ähnlich. Mengen bilden auf mehr oder weniger gleiche Weise ihre Schnittmengen, nur der Standpunkt des Betrachters ändert sich: zu verzichten ist freiwillig, Einigkeit eher unüblich, verlassen zu werden etwas, das einem auferlegt wird.

Ich(I) habe ein Talent für Anfänge. Die mag ich sehr. Allerdings befindet sich immer ein Notausgang in Reichweite. Der Absprung ins Leere fällt mir nicht schwer, wenn mich etwas nicht überzeugt. Bei der geringsten Provokation trete ich die Flucht ins Nichts an. Darum verzichte ich dieses Mal auf Vorbemerkungen, möchte einen weiteren Anfang vermeiden, weil ich schon zu viele davon hatte. Einleitungen gehen mir auf die Nerven, und der einzige Zeitpunkt, zu dem ich wohl garantiert zurückfinden würde, ist ohnehin ein Ende, jener Bruch, der zum ersten Mal alles veränderte und mich zur Deserteurin, zu einer Sammlerin irreparabel verkürzter Geschichten machte.

Eines schönen Tages wachte ich ohne Vorwarnung mitten in einem Ende auf. Ich(I) lag noch im Bett, als Tordo(T), der schon im Türrahmen stand, auf dem Weg zum Unterrichten, zu mir sagte:

Du bist nicht mehr dieselbe.

Den ganzen Tag versuchte ich zu verstehen, was er damit meinte, und kam nicht aus den Federn. Seit wann war ich nicht mehr dieselbe?

Das kam mir alles ziemlich merkwürdig, ja verdächtig vor. Vielleicht hatte er eine Midlife-Crisis. So war es aber nicht. Bald wurde mir klar, dass jemand, der sagt: ›Du bist nicht mehr dieselbe‹, eigentlich meint: ›Ich habe mich in jemand anderen verliebt‹.

Das brach mir das Genick. Tordo(T) brach mir das Genick.

Quasi von einem Tag auf den anderen musste ich meine Kleidung in einen Koffer packen, mir ein paar Bücher aussuchen, einen Abschiedsbrief schreiben – um den mich niemand gebeten hatte –, ein Taxi rufen und an den einzigen Ort zurückkehren, an den ich konnte: in Mamas(M) Wohnung.

Ich hatte versucht, diese Wohnung im 3. Stock zu vergessen. Die verstopften Leitungen, die Wegwerfteller und -becher, den Waschplatz auf der Dachterrasse, wo wir hin und wieder unsere Töpfe und Pfannen spülten, die Elektrogeräte mit ihren durchgeschmorten Kabeln und den Badezuber, an den mein Bruder(B) und ich uns gewöhnten, als würden wir in einem anderen Jahrhundert leben. Ich hatte verdrängt, wie sehr die Wohnung mich an ein Paläontologielabor erinnerte: die Staubwaben, die Sammlung von Blumentöpfen mit Skeletten, die einmal Pflanzen gewesen waren, die Wollmäuse, die sich in den Ecken zu merkwürdigen, pelzigen Polstern zusammenballten, die Schmutzmalereien an den Küchenwänden und der Decke, die graue Patina an den Fensterscheiben, ein Resultat unendlich vieler Schichten von getrocknetem Regen, und eine ganze Reihe eigenartiger Mikroorganismen, die in vergessenen Gläsern im Kühlschrank wuchsen.

Wir hätten uns an Papa wenden können, taten es aber nie; weder riefen wir einen Klempner noch jemanden zum Putzen, und wir selbst putzten auch nicht, weil Mama – da waren wir uns sicher – irgendwelche Spuren hinterlassen würde.

Wir taten überhaupt nichts.

In der Wohnung blieb alles in der Schwebe, stand die Zeit still. Alles befand sich im selben Zustand wie an dem Tag, an dem wir Mama zum letzten Mal gesehen hatten.

Ich(I) ging also in mein Zimmer und schlüpfte unter die gute alte Humpty-Dumpty-Daunendecke. Und bald fiel mir auf, wie ich durch das plötzliche Ende wieder am Anfang gelandet war. An einem Anfang, oder zumindest an einem früheren Ort, vor Tordo. Das wurde mir klar, als ich mitten in der Nacht die Augen aufschlug und Mama über den Flur gehen hörte. Sie redete in dieser seltsamen und zornigen Sprache vor sich hin, die ich nie hatte entschlüsseln können. Mein Körper richtete sich wie von selbst auf, ich lugte aus meinem Zimmer, konnte aber nur das bläuliche Licht des Computerbildschirms sehen, das den Flur erhellte. Sie war nicht da.

Meinen Bruder(B) konnte man zu später Stunde stets im Arbeitszimmer antreffen. Er litt unter Schlaflosigkeit. Ich(I) glaube, dieses nächtliche Wachen war seine Art, auf Mama zu warten. Er hatte sich mit einem Telefonkabel und Papas Zugangscodes von der Uni eine provisorische Internetverbindung eingerichtet, und weil er befürchtete, dass man ihn beim Duplizieren des Users erwischen könnte, loggte er sich nur in den frühen Morgenstunden ein. Ich(I) hingegen wachte zuweilen unvermittelt auf, dabei wollte ich gar nicht auf Mama warten, entwickelte aber trotzdem einen so leichten Schlaf, dass ich schon beim geringsten Geräusch hochfuhr. Ich(I) habe meinen Bruder nie gefragt, bin mir aber sicher, dass auch er sie hören konnte. Wenn ich dem Lichtschein folgte, sah ich ihn dasitzen und im Internet surfen; es war ganz so, als wäre ich nie weggewesen, als hätte ich nie bei Tordo gelebt. Alles war wie immer.

Da bist du ja wieder, sagte mein Bruder.

Ich musste ihm nichts erklären. Niederlagen sind stumm.

RANGMEBU

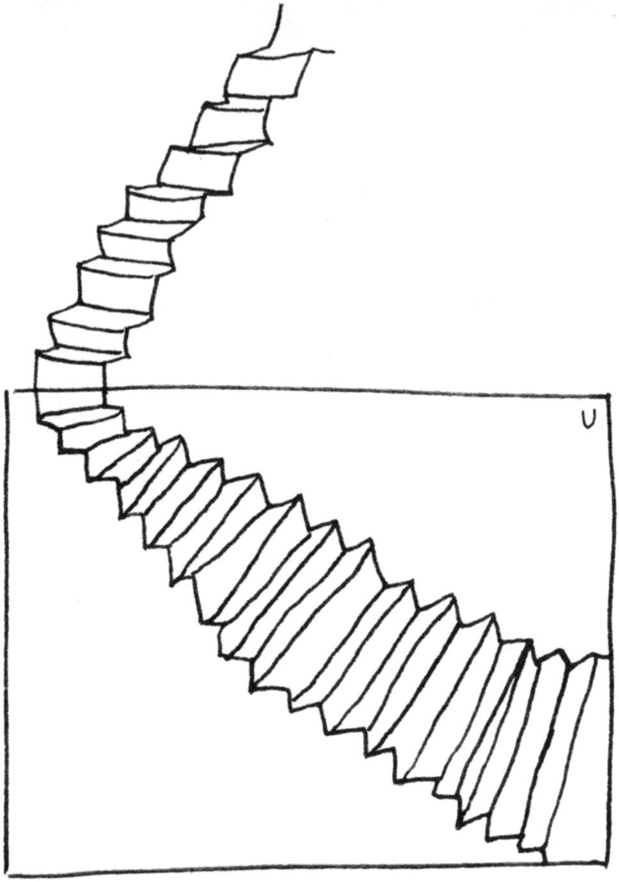
U

Wie sind wir hierhergekommen? An diesen Punkt? Das Ganze fing zwei Tage vor meinem fünfzehnten Geburtstag an. Im Winter 1995. Damals war ich also gerade noch vierzehn, mein Bruder siebzehn, fast achtzehn. Es war frühmorgens, wir wollten gerade zur Schule aufbrechen, und da sagte Mama Nein. Dass wir besser zu Hause bleiben sollten, sagte sie. Dass der Fernseher ausgeschaltet, ja alles ausgeschaltet bleiben müsse, sagte sie. Dass wir leise sein sollten.

Ich(I) habe meinen fünfzehnten Geburtstag nie gefeiert, obwohl wir schon eine Schokoladentorte für das Fest bestellt hatten, das nie stattfand. Mamas(M) nicht enden wollende Abwesenheit ließ unsere Geburtstage verschwinden, und auch der Lauf der Zeit verhedderte sich.

Erkennbare Ursachen gibt es keine, nur Auswirkungen. Ich(I) korrigiere: nur eine Grenze in Raum und Zeit, wirbelnde Ströme, immer wieder Durchbrüche. Durch Brüche.

Nur einzelne Fährten, zusammenhanglos. Elemente einer Menge, die sich nach und nach leert. Ungeordnete Bruchstücke. Ich(I) korrigiere: Splitter.

Ich(I) wiederhole: Winter 1995.

Mama(M) beginnt, von den Bäumen im Park zu reden. Sie sagt, dass auf ihrer Rinde Gesichter zu sehen sind. Dass all diese Gesichter zu unserer Wohnung heraufschauen. Dass all diese Gesichter uns beobachten.

Sie verbietet uns, die Pflanzen zu gießen.

Falls mir etwas passiert, sagt sie.

Was denn? rufen mein Bruder und ich im Chor.

…

Dann verstehen wir nicht mehr, was sie sagt.

Oder kann sie uns vielleicht nicht mehr hören?

Was hast du gesagt, Mama?

Und so beginnt sie, sich langsam aufzulösen.

Am Ende konnten wir sie nicht mehr sehen.

8. August 1976

Marisa,

ich habe beschlossen, dich umzutaufen. In meinen Tagebüchern heißt du Lina.

Noch nie habe ich jemandem so geschrieben wie dir. Alle meine Worte benennen unerreichbare Dinge, abgesehen von deinen grünen Schuhen, die ich auch erwähne – wobei ich mich jedoch irren könnte –, aber wie du mir damit auf den Fuß getreten bist, das werde ich nicht vergessen.

Wenn es hier nur um ein Spiel mit Worten ginge, würde ich es zu Ende spielen.

~~D~~ein

D.

(P.S. Zuerst wollte ich ›Dein‹ schreiben, na, wie auch immer …)

Wir taten so, als wäre nichts gewesen, ließen aber niemanden mehr in die Wohnung.

Von nun an nannten wir sie den Bunker.

Darin blieb alles sich selbst überlassen – eine Zeitkapsel.

Mama(M) hatte hier ein vollkommen geschlossenes System eingerichtet, bevor sie ihre Konturen verlor; ein System, das eine Art Singularität hervorbrachte.

Mein Bruder(B) begann wenig später zu studieren, und ich ging bereits in die Oberstufe. Papa bekam jahrelang nicht mit, dass Mama nicht mehr da war. Manchmal frage ich mich, ob er es jemals bemerkt hat – die beiden haben nach der Scheidung ja nicht mehr miteinander geredet (oder er ist noch viel geschickter als wir darin, so zu tun, als wäre nichts gewesen). Papa ist ein sehr organisierter Mensch. Was ihn aus seinen geordneten Abläufen reißen könnte, nimmt er kaum wahr. Einmal die Woche rief er uns an, jeden Mittwoch um 14:25 Uhr, weil er da ein paar freie Minuten hatte, und sonntags gingen wir zum Mittagessen zu ihm. Ich vermute, er hat letztlich doch etwas geahnt, denn er steckte uns jedes Mal einen braunen Briefumschlag mit genügend Geld für unsere Haushaltsausgaben zu und erkundigte sich nie, aber wirklich nie nach Mama; wohl auch, weil sie ja nicht mehr miteinander redeten und außerdem immer seine aktuelle Flamme mit am Tisch saß, die sich mit verbissener Miene wünschte, dass Mama, mein Bruder und ich nicht existierten.

Es war ja nicht so, dass wir den Zaubertrick des Verschwindenlassens beherrschten, wir sprachen uns auch nicht ab, es passierte wie von selbst. Es genügte, einfach nichts zu sagen und abzuwarten, bis das Gegenüber die Leerstellen füllte. Eine hinreichend vieldeutige Miene lässt ein Selbstgespräch zu einer imaginären Unterhaltung werden. Das Schweigen als veränderliche Variable bewirkt, dass das Gegenüber entscheiden muss, ob das nun ein Ja, ein Nein oder eine andere Reaktion ist.

Überhaupt: Wie soll man etwas verbergen, von dem man nicht weiß, wo es ist?

Es gehört überraschend wenig dazu, den Leuten vorzuspielen, man lebe ganz normal. Anfangs stellten sie noch hin und wieder Fragen, aber eigentlich erwarteten sie keine Antwort. Später dann war es ihnen egal, und selbst wenn nicht, hätten wir ihnen nichts sagen können. Niemandem fiel auf, dass alle Mama schon ewig nicht mehr gesehen hatten. Zu vergessen belastet das Gewissen nicht, nur sich zu erinnern kostet uns etwas; als einziger Beweis für die Lücke. Statt wie Zauberkünstler waren wir eher wie die zwei Betrüger, die sich im Märchen von Hans Christian Andersen als Weber ausgeben und dem Kaiser ein unsichtbares Kleid verkaufen. Wir spielten allen vor, Mama wäre da – obwohl auch wir sie nicht sehen konnten. Mama(M) hatte eine Grenze überschritten, von der weder ich noch mein Bruder wussten, wie man sie überwindet. Wir spielten allen vor, dass unser Alltag so verlief wie der anderer Scheidungsfamilien. Der Bunker wirkte zum Glück auf niemanden verdächtig. Allerdings war es ein Ort, den lange Jahre nie jemand betrat. Dort, wo Mama hätte sein sollen, war Leere. Sie hatte uns ein Stück eines Lochs hinterlassen, und der fehlende Teil befand sich außerhalb des sichtbaren Universums(U), an einem unbekannten Ort.

Da stand ich, niesend und mit verweinten Augen. Und als man mich am Einreiseschalter nach dem Zweck meines Aufenthalts fragte, versagte mir die Stimme. Ich(I) hatte mich in den letzten zehn Stunden immer wieder gefragt, ob ich für Alonso(A) vielleicht ein Ticket für einen anderen Flug gekauft hatte. Aber dem war nicht so. Kurz dachte ich daran, eine Woche hier in Buenos Aires am Flughafen sitzen zu bleiben, bis mein Bruder käme, und dann gemeinsam mit ihm einen Flieger oder Bus nach Córdoba zu nehmen. Ich(I) würde nur hin und wieder den Platz verlassen, um mir einen Saft oder ein Sandwich zu holen oder aufs Klo zu gehen. Es waren ja nur ein paar Tage. Doch nachdem ich ein paar Stunden auf den Boden gestarrt hatte, betrat ich ein Reisebüro, das mit folgendem Schild warb:

FIN DEL MUNDO: ENDE-DER-WELT-
UND GLETSCHERTOUR
FÜNF TAGE UND VIER NÄCHTE
ALL INCLUSIVE

Warum nicht? Danach könnte ich immer noch den Bus nach Córdoba nehmen und gleichzeitig mit meinem Bruder bei Oma(O) ankommen, ohne einen Peso in der Tasche.

An allen Türen in unserer Wohnung waren plötzlich Riegel. Sämtliche Fenster waren mit dunklen Tüchern verhangen. Wir waren also geschützt, vor wem oder was auch immer.

Hast du Mama gesehen?

Nein. Du?

Ich(I) beuge mich übers Klo. Frage mich, ob das Spülwasser sie mitgerissen hat. Aber nein.

Hat sie die Wohnung verlassen?

Nein.

Von außen wirkt der Bunker massiv, uneinnehmbar. Drinnen wird er allmählich instabil und unberechenbar. Gestern hatte ich das Gefühl, sie zu sehen, sage ich zu meinem Bruder ... Aber nein. Wir haben keine Ahnung, wo sie ist.

Wann hast du sie das letzte Mal gesehen?

Keine Ahnung. Du?

Keine Ahnung.

Ah doch, genau!

Wo?

Wir haben am Küchentresen gefrühstückt.

Wann?

Du hast Müsli gegessen.

Das könnte jeder Tag gewesen sein.

Mama ging zu ihrem Hocker.

Ah, stimmt, mit einer vollen Tasse Milchkaffee in der Hand.

Sie hat einen Riesenschluck genommen und sich den Mund verbrannt.

Nein, das war an einem anderen Tag.

Es war genau der.

War das, als sie dann alles ausgespuckt hat?

Genau, der Kaffee ist auf die Tischdecke gespritzt, die Flecken sind noch da.

Hat sie was gesagt?

Sie hat uns Zeichen gegeben. Oder hat sie geschrien?

Nein, die Tasse ist ihr aus der Hand gefallen!

War das die blaue?

Nein, die, die sie vor ein paar Jahren geschenkt bekommen hat.

Ach so, die, auf der STILL PERFECT AFTER 40 stand?

Genau die.

Wo kann man sowas wohl kaufen?

Keine Ahnung. Aber sie ist verflucht.

Die Tasse?

Ja.

Sind wir an dem Tag dann noch zur Schule gegangen oder nicht?

Ich glaube nicht.

Und wo sind die Scherben?

BEOBACHTUNGSBLATT III

ORT:	Himmel von der Dachterrasse aus
DATUM:	1. Oktober 2003
LICHTVERSCHMUTZUNG (1-10):	7, nachmittags
OBJEKT:	Wolke
KONSTELLATION:	Aeroméxico
GRÖSSENORDNUNG:	Boeing 747
ORTSZEIT:	18:30
FLUGRICHTUNG:	unbekannt
AUSRÜSTUNG:	Teleskop
FILTER:	keine

BEOBACHTUNG:

ANMERKUNGEN:
Es gab einmal eine Zeit, da war ich wie besessen von Flugzeugen. Sie erschienen mir als das perfekte Symbol für unsere Familiengeschichte. Flugzeuge hatten uns auseinandergebracht und brachten uns hin und wieder auch zusammen. Sie sind auch das, was einer Zeitmaschine am nächsten kommt. Nach der Landung in Argentinien, dem Land, in dem meine Oma lebt, fühle ich mich jedes Mal wie in einer anderen Epoche oder einem früheren Leben, an das ich mich kaum noch erinnere.

Zwei eingefleischte Skeptiker, das waren wir geworden, mein Bruder und ich, so dachte er zumindest. Es fiel uns schwer zu glauben, dass die Dinge nicht immer auch eine dunkle Seite besaßen, einen Schatten, den wir nicht sehen konnten und der, selbst wenn nichts darin war, immer noch etwas anderes bedeutete. Man sagt oft, es gebe nicht nur Schwarz und Weiß; da bin ich mir aber nicht so sicher. Schwarz, Weiß – eine Frage des Lichts: auf der einen Seite seine völlige Abwesenheit, auf der anderen das gesamte Spektrum. Schwarz ist Leere, Weiß ist Fülle, so habe ich es zumindest an der Akademie gelernt. Tatsache ist, dass die Dinge, die wir nicht sehen können, sich weder in den Graubereichen noch im Schwarzen oder Weißen verbergen, sondern an der feinen Linie zwischen diesen Extremen. An einem Ort, der unsere Vorstellungskraft sprengt, einem Horizont ohne Wiederkehr. An dieser Grenze wird alles unsichtbar. Manche Dinge kann man nicht mit Worten ausdrücken, da bin ich sicher. Manche Dinge finden nur im Grenzbereich zwischen Weiß und Schwarz statt und die wenigsten können sie sehen. Etwas in der Art ist mit Mama passiert: eine optische Täuschung, ein unerklärliches Rätsel, das uns die Materie aufgibt. Und mit Tordo auch, obwohl sich in seinem Fall der Ablauf relativ einfach rekonstruieren lässt.

Das letzte, was er zu mir sagte, war:

Etwas ist zerbrochen, ich kann nicht genau sagen was, aber wir können nicht zusammenbleiben.

Er wusste nicht, was zerbrochen war?

Ich(I) musste es unbedingt herausfinden.

Also ging ich den Ablauf der Ereignisse immer wieder durch, schnitt hier und dort ein paar Minuten heraus und erkannte schließlich das Offensichtliche: Wir zeichnen immer ein Bild, das wir aber nie im Ganzen sehen können. Wir müssen uns mit einem Teil der Geschichte begnügen, unserer Seite, alles andere liegt im Dunkeln. Unsere Trennung im Detail nachzuerzählen, lohnt sich nicht, es lief aber ungefähr so ab:

Es war einmal eine Schnittmenge IT.

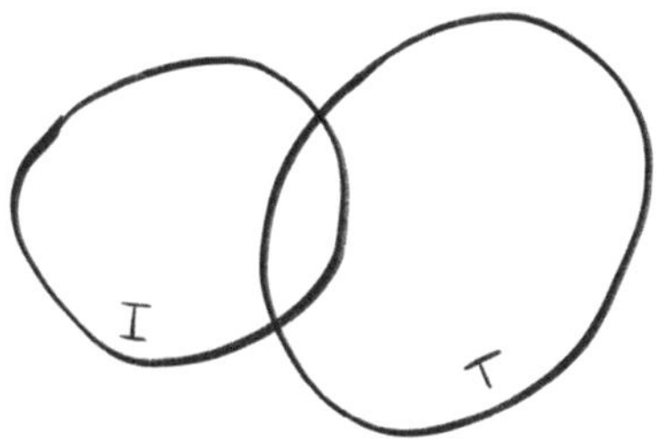

Plötzlich taucht anstelle der Schnittmenge eine Leere auf.

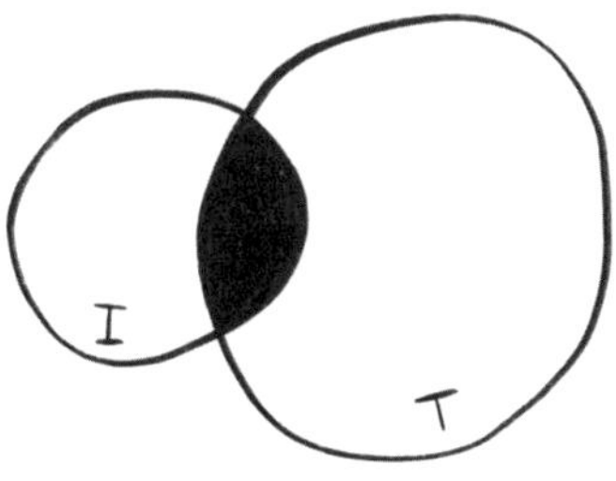

In Wirklichkeit ist die Leere das Symptom einer Schnittmenge TS, die von I nicht gesehen wird.

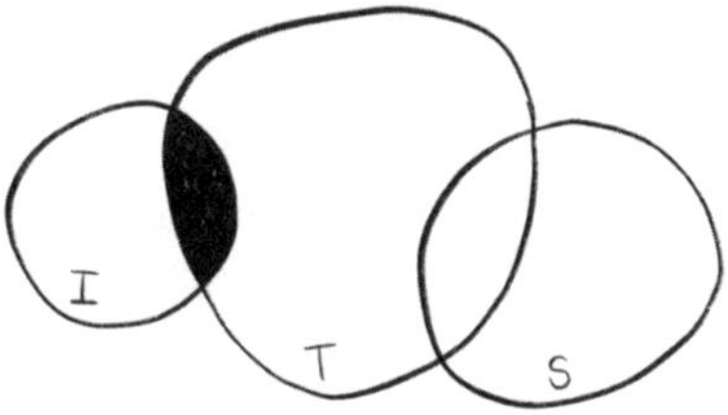

T entfernt sich mit S, und bei I bleibt ein Loch zurück:

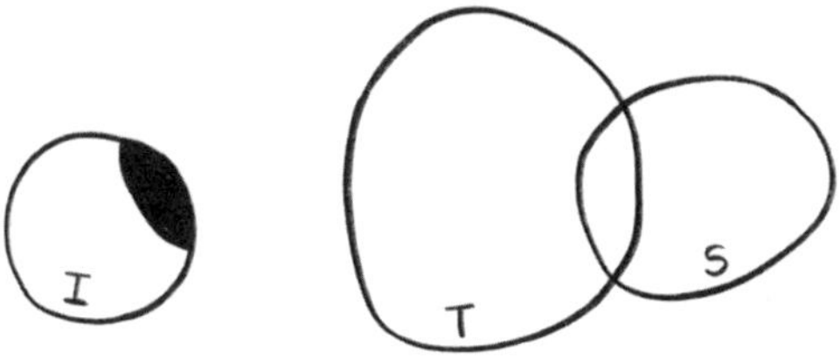

Ich bin I, Tordo ist T, und sie ist S.

Logischer Schluss: Ich(I) bin als einzige zerbrochen, keine Ahnung, ob ich ein Loch habe oder mir ein ganzes Stück fehlt:

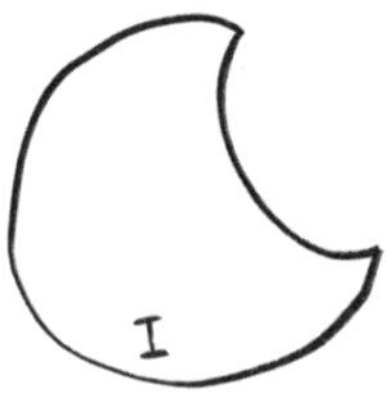

Ich(I) kann es nicht leiden, von einem Foto auf die Persönlichkeit eines Menschen zu schließen. Viele tun das, aber es ist ungerecht: Wer mag sich selbst schon auf Fotos? Da ich ihn nicht kannte, dafür aber die Sachen seiner Mutter, ließ es sich dennoch nicht vermeiden. Mir kam es so vor, als werde Alonso von Marisa(M_X) samt ihrer Garderobe und der Attitüde eines Filmstars in den Schatten gestellt; es wirkte, als bliebe ihm gar nichts anderes übrig, als zu Boden zu blicken oder sich hinter seinen Haaren zu verstecken.

Vor mir lag eine lange, einsame Zeit im alten Bunker. Mein Bruder(B) war noch in derselben Woche, in der ich zurückgekehrt war, zu seiner Freundin gezogen. Gemeinsam hatten wir ein paar Kartons mit Büchern und CDs, zwei Koffer mit Kleidung und sein Kopfkissen zu ihr gebracht. Wir gingen einfach ein paar Mal zu Fuß hin und her, seine neue Wohnung lag nämlich nur ein paar Blocks entfernt. Im Bunker gab es nur Möbel, in denen nutzloser Kram verstaut war – darauf eine Staubschicht, als wäre eine ganze Aschewolke des Popocatépetl hier gelandet –, aber mein Bruder wollte nichts davon mitnehmen. Es waren sieben Jahre vergangen, und wir wollten den Bann immer noch nicht brechen. Auch wenn wir nicht mehr so genau sagen konnten, was für ein Bann das eigentlich war. In der ersten Nacht, die ich allein in der Wohnung verbrachte, hörte ich Mama wieder im Wohnzimmer reden. Ich(I) tastete mich an der Wand entlang, der Gang wurde nicht mehr vom Licht des Computerbildschirms erhellt. Niemand da. Also kehrte ich ins Bett zurück.

Ich(I) musste was tun, irgendwas.

Sonst würde ich noch wahnsinnig werden.

Von allen Problemen in Mamas Wohnung bereitete mir nach eingehender Begutachtung die Feuchtigkeit, die durch eine Wand im Wohnzimmer drang, die größten Sorgen, weil dies bedeutete, dass eine Seite des Bunkers aufgeweicht war. Die Wand wirkte aufgebläht, und die Farbe schlug Blasen, die sich leicht zerdrücken ließen. Das Innere konnte dem Druck von außen nicht standhalten. Ich(I) wollte nicht für immer vom Bunker verschluckt werden, konnte aber auch nicht zulassen, dass das System nach so langer Zeit kollabierte. Am nächsten Morgen erwachte ich mit dem festen Vorsatz, das Problem zu lösen, suchte mir die Nummer einer Holzhandlung aus den Gelben Seiten heraus und bestellte drei Sperrholzplatten – jede 122 × 244 Zentimeter groß und 13 Millimeter dick –, um die Wand abzudecken und zu verstärken. Bald kamen die Platten, die über den Balkon hereingehoben werden mussten, weil sie nicht durch die Tür passten. Ich(I) schuf zwischen den Möbeln Platz und arbeitete auf dem Wohnzimmerboden. Dann verbrachte ich einige Tage damit, die Bretter abzuschleifen, Unebenheiten mit Holzpaste auszubessern und sie erneut zu schleifen, bis ihre Oberfläche ganz glatt war. Zur Staubschicht auf den Möbeln kam jetzt noch eine Schicht Sägemehl hinzu. Danach stand ich wie vor einer weißen Leinwand, auch wenn die Oberfläche der Platten nicht neutral war, weil die Holzmaserung ein Muster bildete. Manche Strukturen waren so dick wie mein kleiner Finger, andere viel feiner. Ich(I) fuhr mit dem Zeigefinger einen Streifen entlang, der genau so breit war wie meine Fingerspitze. Ich(I) brauchte nicht lang zu überlegen, nur eine Struktur nach der anderen mit Farbe zu füllen, ohne dabei über den Rand zu malen; ein Zeitvertreib für Rentner, für den man eine fast zen-artige Konzentration brauchte. Das half mir, die Zeit totzuschlagen. Ich(I) hatte noch etwas Weiß und Schwarz da, zwei Nichtfarben, und so auch ihre möglichen Zwischentöne.

Mama(M) nannte Papa früher oft zärtlich Lito. Einmal sagte sie, das sei sein Deckname gewesen. Papa erwiderte, er sei nie Revolutionär gewesen und habe also auch keinen Decknamen besessen, er habe nur hin und wieder Flugblätter in Fabriken verteilt. In meiner Familie stellen alle die Aussagen der anderen in Abrede und am Ende klaffen überall Löcher. Schlimmer noch: Niemand will über die Löcher reden. In der Grundschule wurde mir klar, dass in Mexiko lediglich meine Kernfamilie lebte. Ich(I) fand diese Bezeichnung sehr treffend und stellte mir vor, dass es eine Kernschmelze gegeben haben musste und dann eine Explosion, die uns über die ganze Welt verstreut hatte. Die Kernschmelze war in unserem Fall die Diktatur gewesen und die Explosion das Exil. Einmal erzählte Mama, dass Papas Name auf der Schwarzen Liste gestanden habe, fügte dann aber gleich abfällig hinzu, dass im Grunde alle darauf gestanden hätten. Und das wars. Was wir hörten, kam zusammenhanglos bei uns an: lauter einzelne Anekdoten, die in meinem Kopf ein riesiges Chaos ergaben.

18. Oktober

Solona,
ich temöch zu Tervessil nach Ennitigenar senrei.
Es rewä schön, mensamzu zu renfah. Destwür du menkommit?

V.

Er antwortete nicht.

Tordo(T) ist bildender Künstler, wäre aber gern Schriftsteller gewesen. Er erfand jeden Tag einen neuen Namen für mich, als wollte er verschiedene Romanfiguren an mir ausprobieren. Manchmal, wenn wir uns einen Film ansahen, versuchte er auch, Ähnlichkeiten zwischen mir und den Schauspielerinnen zu finden; irgendetwas fand er immer, irgendeine Kleinigkeit. Ich(I) hingegen, die bildende Künstlerin werden wollte, drückte alles in Worten aus. Meinen Studienkollegen an der La Esmeralda kam das ziemlich sonderbar vor.

An dem Tag, als ich Tordo zum Flughafen brachte, zeigte er mir stolz seine neue Tätowierung eines ›Doktor‹ Sowieso aus einem berühmten Tattoo-Studio – ich kannte weder das Studio noch hatte ich je von diesem Tätowierer gehört, sagte aber nichts. Er schob etwas überheblich den Verband zurück, seine Schulter war noch geschwollen und voller eingetrocknetem Blut. Auf dem Tattoo sah man ihn von oben auf einem Seil balancieren. Er hatte sich ein Bild von sich selbst tätowieren lassen! Das hätte ich als Zeichen verstehen und die Flucht ergreifen sollen. Tat ich aber nicht. Ich(I) fand die tautologische Geste (ein Konzept, das ich gerade an der Akademie kennengelernt hatte) genial. Später hat sich meine Meinung natürlich geändert. Mir gab jedenfalls zu denken, wofür das Bild stand –

er auf einem Seil, gerade zur Zeit unserer ersten Begegnungen –, aber eigentlich war etwas anderes verstörender: ein Körper, aber zwei Tordos. Die Tätowierung war womöglich ein Vorzeichen, das ich nicht erkannte. Später würde er sich ja wirklich in zwei teilen. Vielleicht zog mich die Vorstellung an, auf einer Seite des Seils auf ihn zu warten, darauf, dass er sich entschließen würde, zu mir zu kommen, ich weiß es nicht … Offensichtlich habe ich die Dinge nicht klar gesehen, denn am Ende ist er auf die andere Seite gegangen.

Zwei Universen(U)

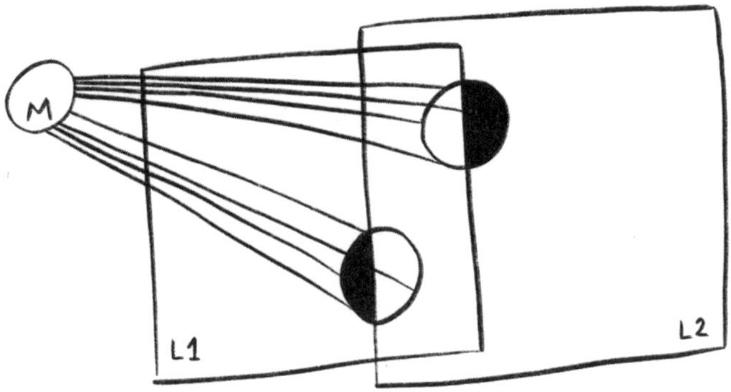

Oder besser gesagt zwei Länder:

Argentinien(L1)

Mexiko(L2)

und Mama(M)

Vielleicht können wir lernen, an zwei Orten gleichzeitig zu sein.

Mama(M) hat es geschafft, genau in der Mitte zu landen, an einem Ort, an dem niemand sie findet.

Um jemanden zu vergessen, muss man äußerst methodisch vorgehen. Das Entlieben ist wie eine Krankheit, gegen die nur geordnete Abläufe helfen. Ich war diesbezüglich ahnungslos, aber mein Überlebenswille übernahm einfach. Und so suchte ich mir Beschäftigungen und stellte einen Zeitplan auf. Den ganzen Vormittag lag ich auf der großen Holzplatte und folgte mit einem Pinsel mit schwarzer, weißer oder grauer Farbe dem Verlauf der Maserung. Zwei oder drei lange Streifen schaffte ich am Tag, mehr nicht. Wenn ich versuchte, einen vierten nachzuzeichnen, begann meine Hand zu zittern und ich malte über den Rand hinaus. Manchmal nutzte ich einen besonders feinen Haarpinsel dafür, manchmal einen kleinen Borstenpinsel. Immer war es eine Geduldsübung.

Beim Malen musste ich an meinen Lehrer für Bildhauerei im ersten Jahr an der Akademie denken. Er war Japaner. Es ging ihm hauptsächlich darum, uns den Kreislauf des Lebens vor Augen zu führen. In der ersten Stunde fuhr er mit uns in der U-Bahn zum Markt La Merced, um vier Hühner zu kaufen. In einer heidnischen Taufe gaben wir ihnen die Namen Klein, Fontana, Manzoni und Beuys. Sie lebten das ganze Semester über in einem Riesenkäfig mitten in unserem Atelier. Zweimal pro Woche ließen wir sie durch die Höfe der Akademie spazieren; an der Tafel stand, wer jeweils Fütterungsdienst hatte, und – ich weiß nicht genau wieso – manche Studierende schlossen sie ins Herz. Am Semesterende brachte Mifusama Suhomi einen großen Kessel und einen Haufen Kohlen mit und sagte, dass wir sie jetzt töten müssten. Schweigen machte sich breit. Dann drehte er persönlich den Hühnern den Hals um, und wir rupften sie gemeinsam. Er kochte aus ihnen eine Suppe, die wir alle essen mussten, um den Kreislauf zu vollenden. Leben – Sterben – Leben, sagte er. Ich(I) habe in meinem ganzen Leben nie wieder so eine gute Suppe gegessen. Keine Ahnung, ob er als Künstler was taugte, aber an ihm ist ein großartiger Koch verlorengegangen. Und obwohl er nur selten etwas sagte, fand er stets die richtigen Worte, ganz wie ein Sensei. Zwei Begriffe reichten aus, uns etwas so Elementares, so Komplexes begreiflich zu machen wie den Umstand, dass etwas anfängt, endet und dann wieder etwas Neues beginnt.

Sein Unterricht war wirklich eigenartig: Er brachte uns bei, was Gips ist und wie man ihn herstellt, anstatt uns zu zeigen, wie man Formen und Abgüsse macht, und woher der Marmor kommt, anstatt uns Hammer und Meißel zu geben. Beim Holz war es dasselbe, er sagte nur: Um Furnier herzustellen, dreht sich der Baumstamm in einem riesigen Spitzer, die Furniere werden in einer großen Presse zu Sperrholz gepresst. In seinem Kurs erfuhr ich auch, dass die Maserung im Holz sehr detailliert von den Lebensabschnitten eines Baumes erzählt. Mir gefiel der Gedanke, dass sich in jedem Stück Maserung meiner Holzplatten eine andere Geschichte verbarg, und ich somit nicht an meine eigene denken musste. Die Fläche zwischen zwei dunklen Maserungslinien umfasst in etwa (das heißt nicht genau) ein Jahr im Leben des Baumes; sie entspricht quasi einem Jahresring. Erst später fand ich heraus, dass eine ganze Wissenschaft diesen Zusammenhang erforscht. Mit der Dendrochronologie lässt sich anhand der Wachstumsringe, von außen nach innen, das Alter eines Baumes ermitteln. Ich(I) wäre gern Dendrochronologin. Von Sperrholzplatten aber lässt sich das Alter der Bäume nicht ablesen. Der riesige, sich drehende Spitzer schält die Lamellen nämlich schräg vom Baumstamm. Dieser sogenannte Radialschnitt wirbelt alles durcheinander: Auf jedem Furnier sind mehrere diskontinuierliche Momentaufnahmen aus dem Leben des Baumes sichtbar, aber keine lineare (und schon gar keine konzentrische) chronologische Abfolge.

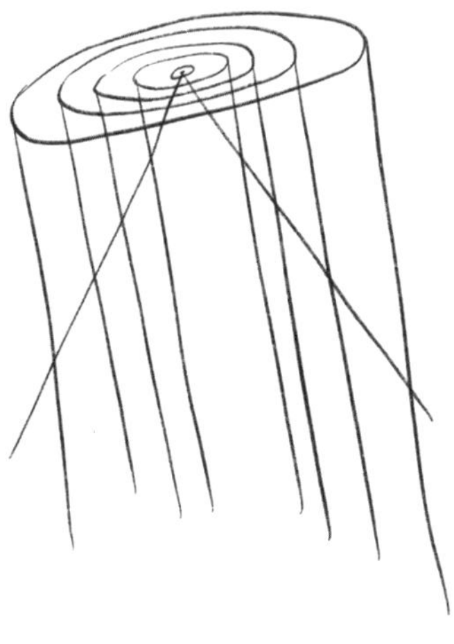

Mifusama Suhomi reichte jedem einen Stift und einen Spitzer. Nach einigen Versuchen sagte er: Perfekter Schnitt, jetzt ihr. Das abgeschälte Stück war kegelförmig. Es war dem Furnier, das man in Schichten übereinanderlegt und presst, um Sperrholz zu erzeugen, sehr ähnlich. Im Bunker hatte ich nun drei

Platten mit durcheinandergewirbelten und übereinandergelegten Zeitfolgen liegen. Wäre das nur möglich: die Zeit durcheinanderzuwirbeln. Ich(I) würde gerne eine Wissenschaft erfinden, die sich damit beschäftigt, auf welche Weise bei Sperrholzplatten die Zeit durcheinandergewirbelt wird. Es wäre nützlich, den Augenblick, in dem bestimmte Dinge geschehen, woandershin schieben zu können, damit er nicht bleibt, wo er ist. Zum Beispiel das Ende an den Anfang (oder an irgendeinen anderen Ort). Oder die Vergangenheit in eine Zukunft, die so weit weg ist, dass wir uns ihr nie werden stellen müssen. Mit solchen Überlegungen verbrachte ich meine Vormittage.

In einem inneren Monolog kommt jedes einzelne Wort zurück wie ein Bumerang.

Er hatte eine Freundin? Innerer Supergau. Alonso(A) war nach dem Essen vom Tisch aufgestanden und wollte gleich wiederkommen. Nachdem ich eine halbe Ewigkeit gewartet hatte, beschloss ich zu gehen. Erst glaubte ich, dass er noch auf dem Klo saß, aber dann stellte ich fest, dass er sich dort nur eingeschlossen hatte, um zu telefonieren. Ich(I) nahm allen Mut zusammen und fragte Chema, ob er wüsste, wie Alonsos Freundin hieß. Mayra, mit Y, antwortete er lächelnd. Ich(I) fühlte mich furchtbar, denn so etwas hatte ich nicht erwartet. Ich(I) versuchte, mir nichts anmerken zu lassen. Alonso(A) und ich hatten uns über alles Mögliche unterhalten, aber eine Mayra(M_Y) hatte er nie erwähnt.

Ich(I) war von dieser Situation ausgegangen:

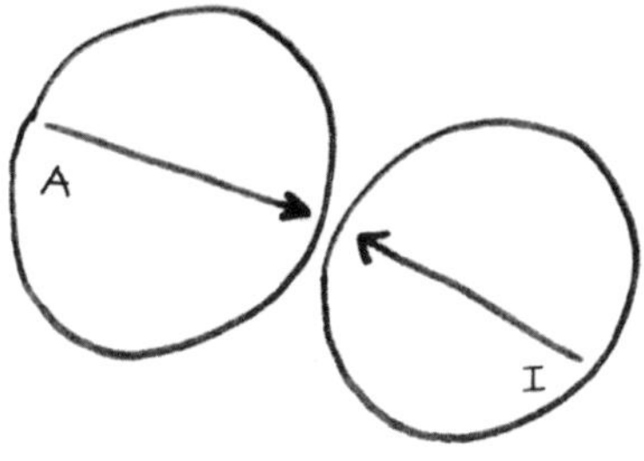

Aber die traurige Wahrheit war:

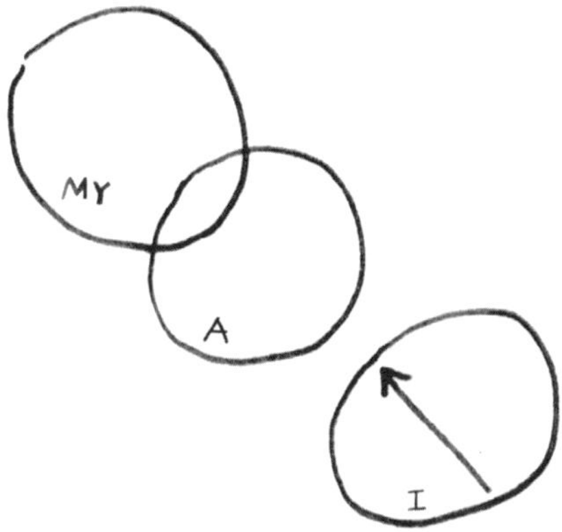

Violeta und ich waren seit der Oberstufe befreundet. Sie war eine der wenigen, mit denen ich in all diesen Monaten ein paar Worte wechselte. Sie hörte sich als Gast eine Vorlesung an der UNAM an, die genau das Thema ihrer Abschlussarbeit behandelte. Daneben verbrachte sie viel Zeit in der Zentralbibliothek, um für ihren Chinesischintensivkurs am Sprachenzentrum zu lernen. Sie hatte sich in den Kopf gesetzt, einen Master in China zu machen, musste aber vorher mindestens vier Jahre Mandarin lernen. Sie lud mich ein, sie in die Bibliothek zu begleiten, weil sie sich Sorgen um mich machte. Da ich nachmittags ohnehin nichts Besseres vorhatte, nahm ich die Einladung gerne an.

Ich(I) hatte keine Lust zu reden, das übernahm sie, und irgendwie gelang es ihr immer, mein Schweigen in etwas Angenehmes zu verwandeln. Ich(I) frage mich, wie sie mich ausgehalten hat. Hin und wieder kam ihr Freund mit, was mir recht war, denn dann brauchte ich kein schlechtes Gewissen zu haben, wenn ich schwieg. Er musste in die Justino-Fernández-Bibliothek, wo er für seine Bachelorarbeit einen mixtekischen oder zapotekischen Kodex (welchen genau habe ich nie kapiert) studierte. Die beiden unterhielten sich häufig über mich. Ich(I) nickte dann, aber eigentlich verstand ich sie nicht, denn ›meine

Situation‹ wurde für sie schnell zu einem Vorwand, um über Probleme zu sprechen, die nicht viel mit mir zu tun hatten.

Während der ersten Besuche in der Zentralbibliothek blätterte ich in Büchern, trieb mich in den Gängen herum und lief alle Stockwerke mehrmals ab, in der Hoffnung, irgendetwas zu finden – was genau, wusste ich nicht. Ehrlich gesagt stellte ich mir die ganze Zeit mein Wiedersehen mit Tordo vor, wie er reumütig zu mir zurückkommen würde. Immer wieder spielte ich die Szene durch, wie er mich zu einem versteckten Regal führte und in eine Ecke drängte, in der uns niemand sehen konnte. Ich(I) brauchte vor mir selbst nicht zu begründen, warum er in die Bibliothek kommen oder wissen sollte, dass ich hier war. Entscheidend war unsere Versöhnung. So kann es einem gehen, wenn man nichts zu tun hat. Irgendwann gab ich die Hoffnung auf. Beziehungsweise beschloss ich, dass unsere Wiedervereinigung (zu der es natürlich nie kam) an Spontaneität verlieren würde, wenn ich sie mir jetzt schon in allen Details ausmalte.

Später kam ich auf die Idee, im Bibliothekskatalog nach Werken mit Titeln zu suchen, die ich mir selbst ausdachte. Vielleicht würde ich ja entdecken, dass schon jemand über all das geschrieben hatte, worüber ich gerade so dringend mehr wissen wollte: *Die Zeit auf Sperrholzplatten. Eine analytische Annäherung*; *Das Abbild der Zeit im Holz*; *Maserung und Zeit: eine Chaostheorie* und so weiter, aber natürlich spuckte der Computer kein Ergebnis aus.

Durch jedes unerklärliche Ereignis entsteht irgendwo ein Loch. Also sind wir durchlöchert wie ein Stück Emmentaler. Und auch die Löcher haben Löcher.

Eine Karte, neben meinem Suppenteller:

Es hatte sich eingebürgert, dass Chema den Tisch für mich mitdeckte, und so kam ich um Punkt halb drei nach unten. Normalerweise war Alonso um diese Zeit schon da, schaute in Töpfe und Pfannen und erzählte mir, was er an dem Tag alles gemacht hatte. Die Karte war eine Einladung ins Tamayo-Museum mit dem bombastischen Titel *Poetiken des Unlesbaren. Dysgraphie, Graphomanie, Lettrismus und andere skripturale Kunst des 20.Jahrhunderts.* Sie war an Marisa adressiert. Trotz des großspurigen Titels und des allzu akademischen Zusatzes hatte ich Lust hinzugehen. Da Alonso(A) aber ausgerechnet an diesem Tag nicht zum Essen kam, war ich nicht sicher, ob er mich auf diese Weise einladen wollte, ihn zu begleiten. Jedenfalls steckte ich die Karte ein und hoffte, ihm so zu signalisieren, dass ich hingehen würde.

Mein Tagesablauf war simpel: Vormittags arbeitete ich an meinen Sperrholzplatten und nachmittags traf ich mich mit Violeta. Sonntags besuchte ich immer noch Papa zum Mittagessen. Nur die Samstage waren gefährlich, weil ich nichts vorhatte. Am ersten Samstag, an dem ich rauszugehen beschloss, lief ich prompt Tordo über den Weg. Es war schon Wochen oder sogar Monate her, dass ich bei ihm ausgezogen war. Dadurch, dass ich nun auftauchte, zeichnete sich ein Dreieck ab, dessen Existenz Tordo immer abgestritten hatte. Ich(I) wurde hin und wieder angerufen und gebeten, die Ausstellungen einer kleinen Galerie in Condesa zu dokumentieren. Da ich keinerlei Erfahrung mitbrachte, kam ich ihnen wohl günstiger als ein Profi mit entsprechender Ausrüstung. Diesmal war ich früh dort, stellte das Stativ auf und begann, die Ausstellungsstücke zu fotografieren; sonst war noch niemand da. Tordo(T) wusste genau, dass ich hier öfters arbeitete, weil er mir den Job damals vermittelt hatte. Als ich mich nach einer Weile umdrehte, waren sie plötzlich da, kamen Arm in Arm durch die Tür, als wären sie schon ihr Leben lang zusammen. Hier sollte ich jetzt drei Zeilen freilassen, um, stelle ich mir vor, die aufgeladene Atmosphäre des Augenblicks darzustellen. Dreieinhalb Leerzeilen. Dadurch bekäme die Sache aber zu viel Bedeutung.

Sie(S) war im Gegensatz zu mir Fotografin von Beruf. Und seit Tordo sie kennengelernt hatte, war er ständig auf sie zu sprechen gekommen. Das war verdächtig gewesen, aber lange hatte ich eins und eins nicht zusammengezählt. Allerdings leuchtet mir immer noch nicht ein, warum ich bei Bemerkungen wie ›ihr ist die Kamera gestohlen worden, aber es war ihr egal, sie tanzte einfach weiter‹ oder ›ihre Bildsprache überzeugt mich nicht ganz, sie ist opportunistisch‹ hätte misstrauisch werden sollen. Erst jetzt, als sie vor mir standen, fiel mir auf, dass er uns nie miteinander bekannt gemacht hatte, nur mal aus der Entfernung auf sie gezeigt. Es war außerdem merkwürdig, was Tordo sonst noch über sie gesagt hatte: ›Das Mädel hat in diesem Video einen Haarschnitt, der sie richtig hässlich macht.‹ Dass er eine Frau, die offensichtlich nicht hässlich war, ›hässlich‹ fand, hätte mich aufhorchen lassen sollen, aber anscheinend war ich einmal im Leben keine eingefleischte Skeptikerin gewesen und hatte nichts bemerkt. Das Schlimmste daran: Dass ich das Offensichtliche nicht sehen konnte.

Wir sollten eines akzeptieren – wollte ich zu den beiden sagen, um das Eis zu brechen, brachte es aber nicht heraus –, wenn wir auf den Boden zwischen uns Linien malen würden, sähe die Figur, die dabei herauskäme, am ehesten wie ein Dreieck aus. Wir standen nur alle wie vom Donner gerührt da. Das gab mir Zeit, genau zu schauen und Entfernungen zu schätzen; es handelte sich um ein gleichschenkliges Dreieck, aber ein etwas verzerrtes: Die Grundlinie zwischen ihnen war viel kürzer als die Schenkel, die sie mit mir verbanden. So ist das wohl immer. Hallo, hallo! Tschau! Tschau! Sie gehen ab, und ich bleibe wie angewurzelt stehen. Das Dreieck zieht sich weit und weiter in die Länge, zerreißt aber nicht.

Ich(I) weigere mich kategorisch, zu der Dreiecksfigur zu gehören, in die sie mich gezwungen haben. Ich(I) sehe mich lieber als Kegel. Es gibt Leute, die sagen, ein Kegel ist ein Dreieck, das um seine Achse rotiert; das gefällt mir besser. Ein Kegel kann sich auch aus vielen konzentrischen Kreisen zusammensetzen, vom größten zum kleinsten, der kleinste ist der Punkt an seiner Spitze. Ein Kegel kann auch ein perfekter Schnitt durch die Zeit sein. Auf diese Weise konnte man die Situation beziehungsweise das Universum, in dem ich gefangen war, schematisch darstellen. Was von mir übrig ist, könnte wie ein Tortenstück aussehen. Sie(S) und Tordo sind hingegen lediglich Dreiecke:

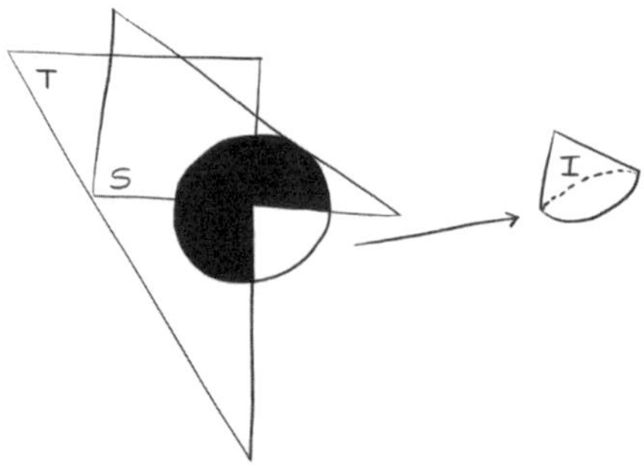

Nach unserer Begegnung kam mir die Idee, ein einzelnes Suchwort in den Katalog der Zentralbibliothek einzugeben: triangulär. Mir wurde ein englisches Buch angezeigt: *How Does One Cut a Triangle?* Das erschien mir schicksalhaft, und war genau das, was ich gerade brauchte. Aber abgesehen davon, dass sie nicht anwendbar waren, hatten alle Wege zum Schneiden von Dreiecken gemeinsam, dass dabei wieder neue Dreiecke herauskamen. Obwohl ich nicht sicher war, wonach ich eigentlich suchte, wusste ich genau, dass ich mein Dreiecksproblem nicht durch noch mehr Dreiecke lösen wollte.

›Ich wünschte, die Teleskope würden nicht nur den Himmel betrachten, sondern auch den Erdboden durchdringen können, um sie zu finden …‹, sagt eine Frau, die mitten in der Atacama-Wüste steht, mit einer kleinen Schaufel in der Hand. Eine Szene aus einem Dokumentarfilm, den ich einmal mit meinem Bruder in einem kleinen Programmkino gesehen habe. Die Frau und viele andere sind seit Jahrzehnten auf der Suche nach den Leichen ihrer Verschwundenen. In der Atacama-Wüste gibt es riesige Teleskope, die sehen und hören, was im Weltraum vor sich geht, die sehen und hören, was wir nicht sehen oder hören können.

So würde zum Beispiel die Erde vom Jupiter aus durch ein Teleskop aussehen:

(Vielleicht auch kleiner.)

Die suchenden Frauen haben im Boden calciumhaltige Spuren gefunden, Knochenreste ihrer Toten. Und es gibt Astronomen, die den Calciumgehalt der Sterne messen. Wir dagegen, mein Bruder und ich, haben ein anderes Problem, das auch mit Calcium zu tun hat: Milchpackungen, die plötzlich leer sind und die wir beide nicht ausgetrunken haben, Käsestücke, die aus dem Kühlschrank verschwinden, ohne dass wir davon gekostet haben.

Ungefähr so sehen die Sterne aus, wenn man sie in einer klaren Nacht von der Erde aus betrachtet:

Im Universum(U) ist alles aus der gleichen Materie entstanden, auch die Zeit.

Vom Flugzeug aus sähe ein Mensch höchstens so groß aus (oder man würde ihn gar nicht sehen):

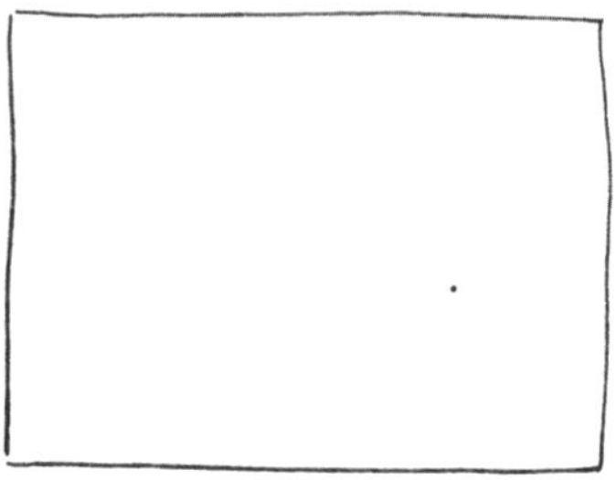

Irgendwo dort müssen die Überreste ihres Mannes sein oder befinden sich zumindest seine Calciumspuren, das weiß diese Frau genau. Aber im Grunde weiß sie nichts, weil die Atacama-Wüste riesig ist.

Mehrere Menschen, vom Flugzeug aus betrachtet, wären kleiner als diese Punkte hier:

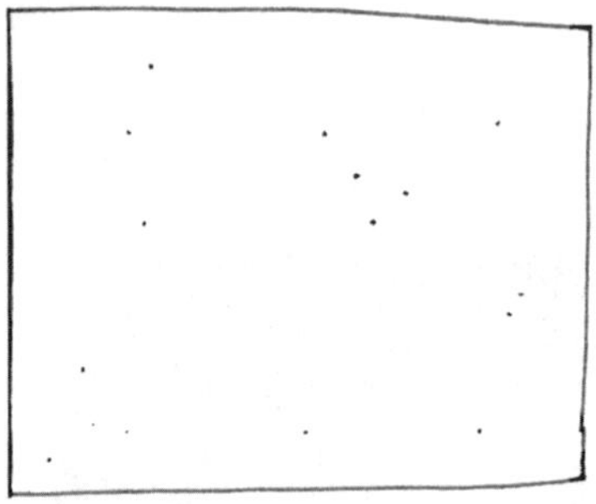

Astronomen wissen auch nicht allzu viel, darum stellen sie Teleskope auf.

Es heißt, jede Antwort wirft eine neue Frage auf. Noch etwas, das wir alle gemeinsam haben: Die Astronomen, die Frauen, die nach Verschwundenen suchen, mein Bruder und ich, wir alle wissen nichts. Wir alle suchen nach Spuren, wir alle stellen uns Fragen.

Wir alle warten darauf, dass das, was wir nicht sehen können, endlich auftaucht.

Diese Geschichte endet hier.

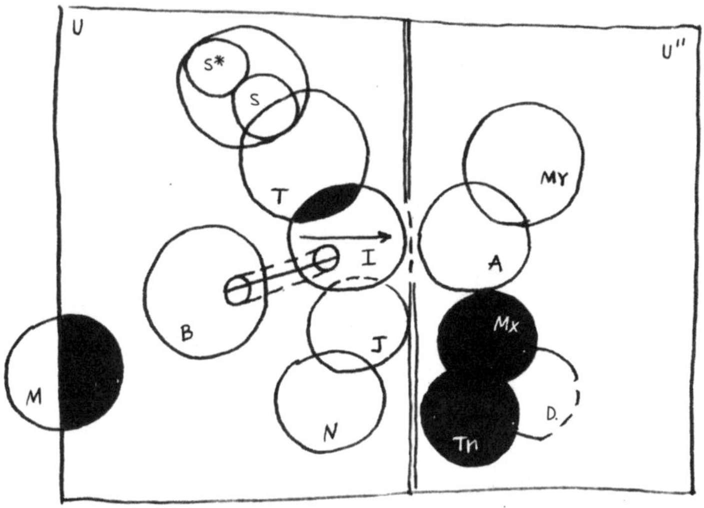
U
U''
S*
S
T
I
B
J
N
M
MY
A
Mx
D.
Tn

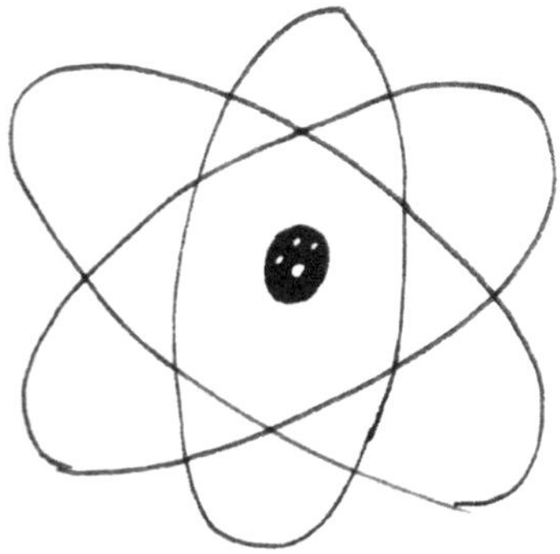

In der folgenden Woche gab ich *Kegel* in die Katalogsuche der Bibliothek ein und wählte drei Titel aus: *Schattenkegel. Gedichte; Bestimmung der Gewindesteigung eines Schneckengetriebes abgeleitet vom Kegel; Historischer Überblick über die Vegetation des amerikanischen Südkegels im Quartär. Ein interdisziplinärer Ansatz.* Von den Gedichten aus dem ersten Buch war ich sofort enttäuscht. Ich(I) tippte per Zufallsprinzip auf eine Seite und las:

Setz diesen Strich auf den richtigen Punkt
und lass uns nach dem Morse-Code Liebe machen.

Ich(I) musste so lachen, dass mir das Buch aus der Hand fiel. Zwei Leute drehten sich um, aber die anderen schien es nicht zu stören. Das zweite Werk enthielt viele Formeln und Diagramme. Ich(I) sah sie mir eine geraume Weile an, wollte alle Zahlen, Buchstaben, Klammern und Zeichen verstehen, aber es gelang mir nicht. Ich(I) begriff gerade noch, dass ein Gewinde das ist, was sich um eine Schraube herumwindet. Oder anders gesagt, das, was sie von einem Nagel unterscheidet, und – da bin ich mir aber nicht sicher – dass der Kegel sich beim Schraubenkopf befindet. Jedenfalls hatte es wenig Sinn, das durchdringen zu wollen. Das Dritte war ein Artikel in einer geobiologischen Fachzeitschrift. Dort las ich zum ersten Mal etwas über meine heimliche Berufung: Ich(I) stieß auf das Stichwort Dendrochronologie. Und musste lächeln. Nein, das stimmt so nicht ganz. Ich(I) schlug zuerst das Wort Dendrochronologie im Wörterbuch nach, und erst als ich seine Definition sah, musste ich lächeln.

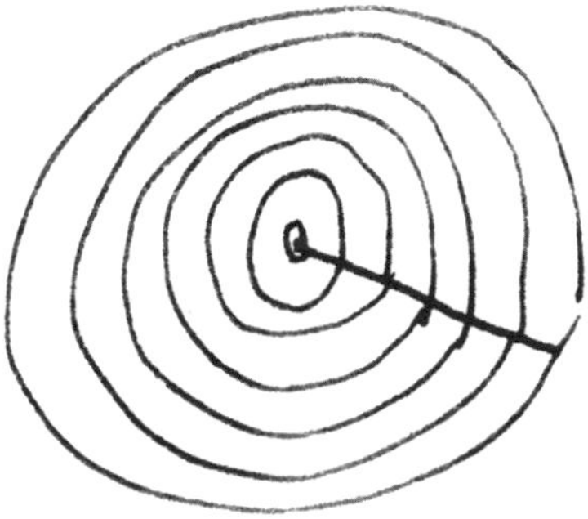

Nach diesem Fund entschied ich, in Zukunft zum Arbeiten in die Bibliothek des Instituts für Biologie zu gehen. Bestimmt war Violeta und ihrem Freund nicht ganz klar, wieso ich, wo ich doch bildende Kunst studiert hatte, jetzt dort gelandet war, sie sagten aber nichts, weil es aus ihrer höchstpersönlichen Perspektive nur darauf ankam, mich ›zu unterstützen‹. Mir selbst war auch nicht ganz klar, was ich dort suchte. Ich(I) wollte den Begriff der Zeit anhand von Sperrholzplatten erforschen. Ich(I) wollte unbedingt verstehen, wie sich die Zeit in der Maserung und in den Radialschnitten verändert. Die Dendrochronologie erlaubte es mir, Zeit und Raum zu untersuchen, ohne dazu in eine Rakete zu steigen oder Gleichungen aus der Quantenphysik zu lösen.

Interessanterweise war es ein Astronom, der die Sprache der Bäume entdeckte. Andrew Ellicott Douglass war zunächst genauso wie ich in die Irre gegangen. Er erforschte Sonnenflecken und begann irgendwann, die Jahresringe der Bäume zu untersuchen, um herauszufinden, ob sie ihm mehr über die Sonne verrieten. Es geht dabei nicht nur um das Alter der Bäume – in ihrem Holz zeichnet sich auch die Geschichte des jeweiligen Waldes ab. Die Bäume behalten Narben von Waldbränden und möglichen anderen Naturkatastrophen zurück: von Erdbeben, Wirbelstürmen, Krankheiten. Auch Insekten hinterlassen ihre Spuren. Man kann sogar das Alter einer Violine oder eines Möbelstücks bestimmen, indem man die Jahresringe in der Maserung ihres Holzes misst. Ein Baumstamm ist das Logbuch eines Ökosystems. Und einen Wald abzuholzen, ist nicht allein aus ökologischer Sicht eine Tragödie. Es bedeutet tatsächlich, ein Archiv voller historischer Daten zu vernichten. Eines in der Sprache der Bäume, ein nicht sichtbares. Ich(I) frage mich, wie wohl mein Leben in einem Baumstamm verewigt aussähe, welche Bedeutung alle Linien, Knoten und Kreise dann hätten.

Ich(I) frage mich, wie sich in der Sprache der Bäume eine Sammlung abgeschnittener Anfänge, ein jähes Ende oder auch jemandes Verschwinden abzeichnen würde.

12. September 1976

Marisa,

alle zwanzig Minuten frage ich mich, ob schon ein Brief von dir unterwegs zu mir ist. Wirst du mir denn nie mehr schreiben? Seit deiner letzten Nachricht sind fünfzigtausend Jahre vergangen. Nicht so wichtig. Ich habe es dir schon einmal gesagt: Wenn du mir nicht schreiben willst, dann lass es bleiben. Aber ich nehme mir trotzdem das Recht, dir zu sagen, was ich alles so mache, zum Beispiel zähle ich im Kalender nicht die Tage, die vergehen, sondern die, die noch fehlen (bis wir uns wiedersehen natürlich).

Soll ich weiterhin auf ein Lebenszeichen von dir warten oder lieber irgendwann vor deiner Tür stehen?

D.

In einem Haus auf der anderen Seite des Parks, den man von den Bunkerfenstern aus sieht, fand eine Party statt. Ana hatte mich eingeladen, und ich ging nur mit, weil mir kein guter Grund einfiel, nicht vorbeizuschauen. Ana war eine ehemalige Mitschülerin meines Bruders, aber auch wir waren befreundet. Sie hatte mich eingeladen, weil ich seit kurzem ebenfalls Single war. Eigentlich kamen wir nur gemeinsam an, denn dann verschwand sie gleich. Es war eine Art Hostel, und überall waren Zettel mit Anweisungen auf Englisch angebracht: am Spülbecken, auf dem Klo, am Kühlschrank, auf dem Wohnzimmertisch. Es gab auch einen riesigen Kalender, auf dem stand, wann geputzt wurde, wer wann den Müll rauszubringen hatte oder die Waschmaschine benutzen durfte, wann zu zahlen war ...: Sowas hatte ich bisher nur in Fernsehserien gesehen und sogleich beschlich mich das Gefühl, dass ich meinen Haushalt viel zu nachlässig führte. Auf einem weiteren Zettel im Hof, offensichtlich einem, der nur vorübergehend da hing, stand:

¡BIENVENIDOS! / WELCOME! / WILLKOMMEN!
ANDREAS UND JÜRGEN

Zwei Deutsche, die hier neu eingezogen waren und in dem Architekturbüro, in dem Ana arbeitete, ihr Fachpraktikum absolvierten. Jürgen(J): Der Name gefiel mir. Er war hochgewachsen, größer als ich, im Gegensatz zu Tordo. Wir standen den ganzen Abend nebeneinander. Er kannte auch niemanden, denn Ana hatte Andreas entführt, seinen einzigen Kumpel hier. Er konnte kein Spanisch, und ich wollte nicht Englisch mit ihm reden. Immer wenn mein Glas leer war, holte Jürgen die Weinflasche und füllte nach. Ich(I) lächelte ihn an, er lächelte mich an. Wir sprachen den ganzen Abend kein Wort miteinander, außer als ich ihn fragte: Wo ist dein Zimmer? Wir stiegen die große Treppe und eine Wendeltreppe hoch, und gingen dann einen sehr schmalen Gang mit mehreren Türen entlang. Die letzte war die zu seinem Zimmer. Unterwegs merkte ich, dass sich alles drehte. Seine Koffer waren noch nicht ausgepackt. Er zog sich das Hemd und die Schuhe aus. Ich(I) durchstöberte den Kram, den frühere Bewohner im Regal hinterlassen hatten. Er umarmte mich von hinten und küsste meinen Nacken. Ich(I) tastete hinter meinem Rücken nach seiner Hose, öffnete sie und schob die Hand in seine Boxershorts. Darauf wisperte er mir etwas auf Deutsch ins Ohr. Er drehte mich zu sich um, hob mich hoch und setzte mich wieder ab, wobei sich mein Rock wie ein Pilz aufblähte – ein Bild, das ich noch tagelang vor mir sah –, und drückte mich an die Wand. Und so machten wir es, an der Wand. Er wusste nicht, wie ich hieß, und ich sprach seine Sprache nicht. Danach legten wir uns auf die Matratze. Er schlief ein, und ich schaute eine ganze Weile an die Zimmerdecke. Aus einem *Lonely Planet* für Mexiko, der neben der Matratze auf dem Boden lag, lugte ein halbes Gesicht hervor. Neben der im

Buch versteckten Hälfte war Jürgen zu sehen, der dem Gesicht einen Kuss gab. Auf der Rückseite ein Datum, das nicht allzu weit zurücklag, und etwas, das ich nicht verstand. Die Unterschrift – Nadia(N) – konnte ich entziffern, fühlte aber nichts dabei. Oder eigentlich doch, etwas Merkwürdiges. Nicht Eifersucht, aber ein Gefühl des Verschwindens, als könnte man plötzlich durch mich hindurchschauen. Auf dem Foto existierte ich nicht, weil ich an dem Ort und zu der Zeit ja wirklich nicht existiert habe. Und das war eigentlich auch kein Problem, weil ich dort auch gar nicht existieren wollte, ich fürchtete nur, dass ich vielleicht nicht in der Lage war, irgendwo zu existieren. Ich(I) musste an Jürgens Gepäck denken. Zwei riesige Koffer voller Sachen, die er hier nicht alle unterbringen würde. Dann dachte ich daran, was ich im Gepäck hatte, als ich an diesem Abend in sein Leben getreten war. Wir waren zwei Fremde, die sich beim Überqueren einer Straße halfen.

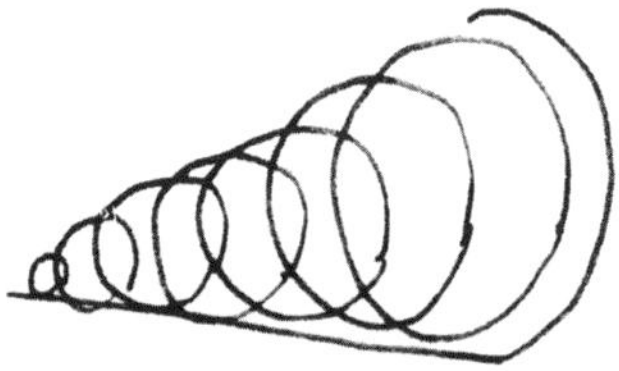

Als ich wach wurde, fühlte ich mich schuldig – wohl eine Nebenwirkung des Weins – und musste mich den ganzen Vormittag lang zusammenreißen, um Tordo nicht anzurufen. Ich(I) packte stattdessen Koffer und Kisten aus, wählte schlussendlich aber doch seine Nummer, die ich auswendig wusste. Er war kurz angebunden:

Was gibts?

Hallo ... Wie gehts dir denn so?

Gut. Also, was gibts?

Ich habe gerade gemerkt, dass ich ein paar Sachen bei dir gelassen habe und ...

Wieso hast du nicht gleich alles mitgenommen? Niemand hat dich gehetzt.

Keine Ahnung, Tordo. Ich habe in einer Stunde zwei Jahre zusammengepackt und ...

Du kannst jetzt aber nicht herkommen. Sag mir, was fehlt, und ich bringe es irgendwo hin.

Dann habe ich ihn, glaube ich, beleidigt. Und aufgelegt.

Mein Blick fiel auf Mamas Zimmer am Ende des Flurs, die Tür war zu. Wie war es nur möglich, dass Tordo mich nicht in mein Zuhause ließ! Vielleicht war es ja nicht mehr mein Zuhause ... Ich(I) öffnete die Tür. Vielleicht war er nicht mehr mein Zuhause. Ich(I) kroch in Mamas Bett und suchte auf ihrem Nachtkästchen nach der Fernbedienung für den Fernseher. Dort lag ein Bogen Briefpapier, auf den sie mit einem Füller etwas geschrieben hatte. Ich(I) begab mich in die Höhle und entzifferte die Hieroglyphen:

Die Liebe beweist uns stets die Zirkularität der Welt

Kein Punkt am Ende, aber dafür unten rechts auf dem Papier eine runde Kritzelei, als hätte sie den Füller ausprobiert oder sich in Gedanken verloren. Der Satz blieb genauso in der Schwebe wie die Geschichte ihres Lebens. Das Papier war mit einem Kieselstein beschwert, den ich aus einem Feriencamp mitgebracht hatte. Es war der schönste Stein in der Sammlung, die ich als Kind angelegt hatte: grau wie die anderen, aber mit einer weißen, fast vollkommen kreisförmigen Linie aus Kieselsäure geschmückt. Ich(I) lag den ganzen Tag lang da und betrachtete das Blatt, während im Hintergrund der Fernseher lief. Ich(I) kam einfach nicht drauf, was sie meinte.

Es war nicht viel zu erkennen:

Das Teleskop stand in Marisas Badezimmer. Von dort aus konnte man es nur auf die gegenüberliegende Wand richten. Ich(I) hätte mir lieber Sterne und Planeten angesehen, gewöhnte mich aber an die Risse und Sprünge in der Wand; ab und zu suchte ich dort nach möglichen Sternenkonstellationen, Schwarzen Löchern oder Lebensformen:

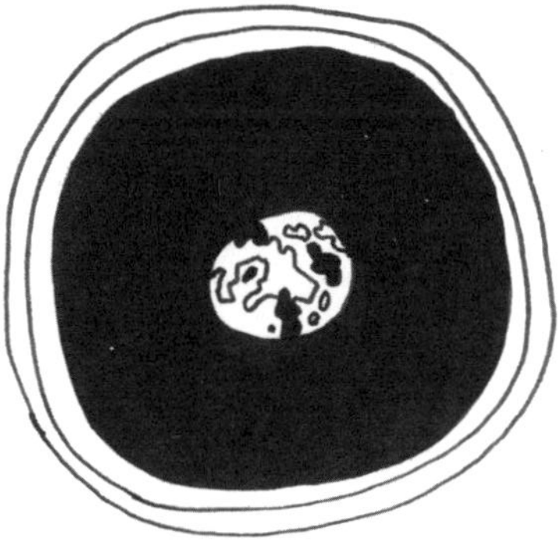

Auf der ersten Sperrholzplatte zähle ich hundertdreizehn Maserungslinien. Nachdem ich dreiundsiebzig davon ausgemalt (und dazwischen immer wieder welche ausgelassen) habe, wird so etwas wie ein Plan sichtbar: Linien, Inseln und Knoten. Manchmal erinnern mich die riesigen Platten, die auf dem Boden liegen, auch ans Meer. Vielleicht, weil ihre Schattierungen in Grau, Weiß und Schwarz leicht ins Bläuliche spielen. Das kommt bei Farben manchmal vor, dann hat das Schwarz in einer bestimmten Farbtube einen fast unmerklichen Blaustich. Mama(M) hat immer erzählt, dass sie schon neunzehn war, als sie zum ersten Mal das Meer sah. Sie und ihre Freundinnen hatten es für ein paar Tage nach Mar del Plata geschafft. Wenn das möglich wäre, würde Mama heute bestimmt an einem entlegenen Ort in einem kleinen Häuschen am Strand leben. War sie wütend oder hatte genug von uns, drohte sie uns stets mit zwei Dingen: ›Irgendwann schenke ich euch noch den Zigeunern!‹ Und: ›Eines Tages ziehe ich ans Ende der Welt, wo niemand mich findet.‹ Vielleicht hat sie ihre Ankündigung wahrgemacht.

Wenn ich mir meine Geburtsstadt selbst hätte aussuchen können, hätte ich Garabato gewählt, ein verschlafenes Nest in der Provinz Santa Fe in Argentinien. Ich(I) bin dort noch nie gewesen, wäre aber gern eine ›Garabatana‹, eine ›Kritzlerin‹, wie die Frauen aus Garabato heißen, eine Einwohnerin eines hingekritzelten, unleserlichen Ortes.

Mein Bruder(B) besucht mich im Bunker. Er hält ein schwarzes Kätzchen auf dem Arm, nur wenige Wochen alt. Später habe ich vom Portier gehört, dass im Park noch sechs weitere kleine Kätzchen gefunden wurden und sich eine Frau aus der Nachbarschaft darum gekümmert hat, ihnen ein Zuhause zu suchen. Aber dieses hier, das siebte, hatte sich vorgewagt, um selbst ein Zuhause zu finden. Es war durch den Park getapst, über die Straße, hatte sich in einem Blumenkasten neben unserer Haustür zusammengerollt und in der Sonne gewärmt. Als mein Bruder es auf den Boden setzte, strich es gleich um die Farbtöpfe und tauchte, ohne es zu bemerken, seinen Schwanz in die weiße Farbe; der Fleck blieb mehrere Tage. Mein Bruder(B) stand eine Weile da und blickte auf meine Sperrholzplatten. Ich(I) hatte schon damit begonnen, die zweite zu bemalen.

Du hast noch immer keinen Job, oder?

Ich(I) wusste nicht, was ich antworten sollte, denn ich hatte noch nicht einmal zu suchen begonnen. Ich(I) war zu sehr in meine Recherchen vertieft. Es würde nichts bringen, wenn ich ihm das mit der Zeit und den Kegeln erklärte oder ihm die feuchte Wand zeigte und wie ich das Problem lösen wollte. Auch die Notiz in Mamas Zimmer erwähnte ich nicht.

Wir sollten nach Argentinien fahren, sagte er aus heiterem Himmel. (Er schaute immer noch auf die Holzplatten.)

Wieso? fragte ich erst nach einer Weile zurück. (Man gerät wohl in Trance, wenn man sie länger betrachtet.)

Keine Ahnung, ist mir nur so eingefallen ...

Wann? (Wie bei einem Mandala.)

Zu Silvester?

Okay. (Das nicht bunt ist.)

Nur, wie willst du dir ohne Job das Ticket leisten?

Ich antwortete nicht darauf. Irgendwie würde ich das Geld schon auftreiben.

Tordo(T) würde nicht anrufen. Er hatte mich auch nach unserem ersten Kuss nicht angerufen. Shit. Ich(I) habe mir vorgenommen, nicht an den Anfang zu denken. Eigentlich war das auch nicht der einzige Anfang. Das mit uns hat mehrmals angefangen, und es war nur einmal aus, weshalb ich nicht begreife, welcher Anfang nun aus ist. Damals wartete ich ein paar Wochen, aber es kam nichts. Dann schrieb ich einen Brief, den ich mit mir herumtrug und ihm auf einer Vernissage, wo wir uns wieder begegneten, unauffällig zusteckte. Was darin stand, würde ich lieber vergessen, ich war neunzehn, es war Ende 2000 und nach nur einem Kuss (er war stockbesoffen) war es um mich geschehen; ich glaube, das sagt genug. Auch danach hat er sich nicht gemeldet. Auf meine Frage, warum er den Brief nicht beantwortet hätte, sagte er, dass es kompliziert sei. Ich(I) dachte, er hätte Angst. So wie ich. Es war aber nur kompliziert, weil er sich gerade scheiden ließ.

Anfang des nächsten Jahres lief ich ihm auf einer Party über den Weg, die seine Schüler veranstalteten, und er erwähnte, dass er eine Zeit lang nach New York gehen würde. Meine Kehle war wie zugeschnürt. Ich(I) bot an, ihn nach Hause zu chauffieren, und beim Abschied sagte er, dass ihm mein Brief wirklich gefallen habe, und presste seine Lippen wieder auf meine. Dann steckte er mir die Hand in die Bluse und die Zunge in den Mund. Er wohnte in einem kleinen Zimmer mit Bad. Wo man auch hinwollte, musste man sich an Kartons vorbeischieben, und das Bett war unter einem Haufen von Heften begraben. Um Platz zu schaffen, fegten wir sie rechts und links auf den Boden. Er würde also tatsächlich fortgehen, es war schon so gut wie alles bereit. Es schien so, als würde diese Geschichte wieder nicht anfangen.

In jener Nacht schlief ich zum ersten Mal in meinem Leben ohne Pyjama. In der Früh stellte ich auf der elektrischen Kochplatte Wasser auf und brachte zwei Tassen schwarzen Tee ans Bett. Tordo(T) sah mir die ganze Zeit zu. Mir war das so peinlich, dass ich den meisten Tee über der Matratze verschüttete und schnell wieder unter die Decke kroch. Tordo(T) suchte meinen Kopf und vergrub die Finger in meinen Haaren.

Warum kommst du eigentlich nicht mit?

Tief in mir fing etwas zu zittern an.

Ich(I) konnte nichts sagen und ging nach einer Weile.

Aber an jenem Abend besuchte ich ihn noch einmal, sagte Ja und fuhr ihn zum Flughafen. Und das war der Moment, in dem er mir stolz die Tätowierung zeigte. Er flog ab, und dann geschah erst einmal nichts. In seinen Briefen stand, dass er auf mich wartete. Im Sommer flog ich dann hin.

Während der ganzen Taxifahrt vom Flughafen JFK nach Brooklyn lag mein Kopf auf seinem Schoß. Ich(I) sah nur Teile von Brücken, den Himmel, die eine oder andere Ampel. Unterwegs sagte er, dass er mich später ein paar Freunden vorstellen wollte, mit denen er in einer Bar verabredet war. Da fiel mir plötzlich ein, dass man mich vielleicht nicht hineinlassen würde, weil ich noch nicht einundzwanzig war. Ich(I) wusste nicht, was ich sagen sollte, es war so offensichtlich, dass ich für das Leben, das ich führte, nicht alt genug war.

Wir nahmen die Treppe in den zweiten Stock. Tordo(T) trug meinen Koffer in der einen Hand und mit der anderen schaffte er es, mir zwischen die Beine zu greifen. Kaum war die Tür offen, steuerten wir direkt aufs Bett zu. Das war mein dritter Anfang mit Tordo. Ich(I) weinte wie ein Kind, als ich ihn in mir spürte. Ich(I) hatte noch nie größere Angst gehabt, wollte aber nirgendwo sonst auf der Welt sein als hier bei ihm. Wir kamen gleichzeitig zum Höhepunkt(IT) und hielten uns eng umschlungen. Damals nahm ich nur Zeichen wie dieses wahr:

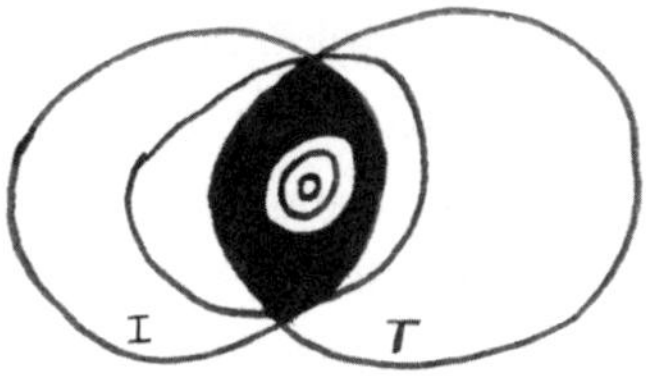

Die Freundin meines Bruders vermittelte mir einen Job, den sie aus Zeitmangel nicht selbst übernehmen konnte, obwohl sie das sehr bedauerte. Es hatte etwas mit dem Archiv einer Schriftstellerin und ihren persönlichen Sachen zu tun, die jemand in Ordnung bringen sollte. Ich(I) fragte nach dem Namen: Marisa(M_X) Chubut. Ich(I) hatte noch nie von ihr gehört. Die Freundin meines Bruders hatte schon ein Vorstellungsgespräch für mich vereinbart, ich sollte sobald wie möglich anfangen. Das war sicher die Idee meines Bruders gewesen. Sie erwähnte ihn zwar mit keinem Wort, aber es sah ihm einfach zu ähnlich. Mit dem Geld würde ich zum Beispiel mein Flugticket nach Argentinien bezahlen können. Es blieb mir nichts anderes übrig, als anzunehmen. Nur, wie sollte ich den Mut finden, den Bunker zu verlassen? Mich auf den Weg in ein anderes Viertel zu machen, hieß für mich, sie ständig sehen zu müssen. Sie(S) ist, wie vermutlich schon deutlich geworden ist, Tordos neue Freundin. Aber was ich noch nicht erwähnt habe ist, dass ihr Bild in der ganzen Stadt auf hunderten Plakatwänden und in allen Größen zu sehen war, ihre Stimme im Radio zu hören, außerdem an allen Ständen, an denen Straßenverkäufer Raubkopien von CDs verkauften, und dann erschien sie auch noch in Kino-Spots und im Fernsehen. Ein

Albtraum für mich, auch wenn alle anderen sie großartig fanden. Eigentlich hatte sie nur ein berühmtes Gesicht; die Frau auf den Plakaten war nämlich ihre Zwillingsschwester, eine Schauspielerin, die in einer ganzen Reihe neuer ›gesellschaftskritischer‹ Telenovelas mitgespielt und dann noch Karriere als Sängerin gemacht hatte. Sie(S*) war so populär, dass eines ihrer Lieder sogar in einem Reggaeton-Remix in der Werbung für Bubu-Lubu-Schokoriegel zu hören war.

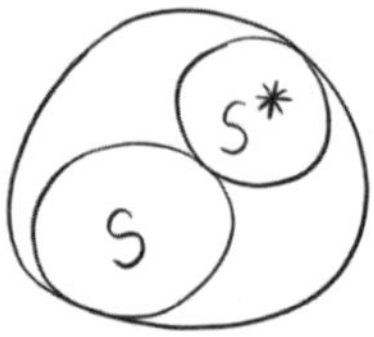

Ins Kino gehen, fernsehen, Radio hören und Straßen befahren war für mich mit einem hohen Risiko verbunden, die beiden zu sehen. Vielleicht war die Gleichsetzung unfair: Lange Zeit betrachtete ich die beiden nämlich als ein und dieselbe Person, deren doppeltes Bild mir die Leere, vor der ich stand, schwer erträglich machte. So traurig es war, und als wäre alles andere nicht schon schlimm genug, musste ich jetzt auch noch auf Bubu-Lubu-Riegel verzichten.

Niemand entkam ihrem Konterfei, und doch war das mit ihr und Tordo unentdeckt geblieben. Ich(I) habe mich lange gefragt, ob ich die einzige Idiotin war, die nichts bemerkt hat. Das war das Problem mit dem Rausgehen: Es trat bei mir eine Lawine toxischer Assoziationen los. Ich(I) sagte der Freundin meines Bruders zu. Dann rief ich Violeta an, um es ihr zu erzählen: Sie freute sich zwar über die gute Neuigkeit, nicht aber über die Nachricht, dass ich sie, wie ich erklärte, nun leider nicht mehr an der UNAM treffen konnte. Ich(I) setzte mich, ohne lange nachzudenken, in den Nissan Tsuru 90 meiner Mutter. Es war nicht leicht, eine Strecke zu finden, auf der nicht plötzlich hinter irgendeiner Ecke sie(S, S*) von einer Plakatwand lächelte(n). Die Hochstraße der Stadtautobahn zu nehmen, kam nicht infrage, weil man von dort eine ausgezeichnete Sicht auf die großen Plakatwände hat, also fuhr ich auf der unteren Fahrbahn, wo man lediglich die vielen Pfeiler und die Betondecke sieht, und ließ das Radio ausgeschaltet und die Fensterscheiben hochgekurbelt.

Da Planeten sich in ihren Umlaufbahnen bewegen, bestand vielleicht auch für Alonso und mich die Möglichkeit, uns zu begegnen.

Ich(I) stellte das Teleskop auf den Balkon des Bunkers und richtete es auf den Park. Dann setzte ich mich mit Nuar hin und beobachtete die Leute dabei, wie sie mit ihren Hunden Gassi gingen oder im Kreis joggten. Es war ziemlich eintönig. An manchen Tagen passierte überhaupt nichts. Wie soll auch etwas Wichtiges geschehen, wenn man gar nicht weiß, worauf man wartet? Vieles sieht man genauso mit bloßem Auge, logisch, aber durchs Teleskop kann ich Details erkennen, die mir sonst nicht auffallen würden. Am besten gefällt mir, dass der Ton fehlt. In der Entfernung vollzieht sich, von hier aus betrachtet, alles in völliger Stille, höchstens hin und wieder unterbrochen von Vogelgezwitscher, das ich aber nicht verstehe. Nuar hingegen macht es wahnsinnig.

Sind Sie gekommen, um die Sachen der Señora auszuräumen?

Ja, zum Archivieren.

Er hieß Chema und war der dienstbare Geist des Hauses; zusammen mit seiner Frau und seinem Sohn lebte er auch hier. Chema führte mich in den dritten Stock, schloss die Tür auf, drückte mir den Schlüssel in die Hand und verschwand wieder.

Drinnen war kein Geräusch zu hören. Marisa(M_X) Chubuts Zimmer diente nicht nur zum Schlafen, sondern war ein liebevoll dekoriertes Studio. Durch ein riesiges Fenster sah man in den Garten hinaus, ein großes Tuch mit Motiven im maurischen Stil wurde als Schmuck für das Kopfende des Betts verwendet und die Möbel wirkten, als seien sie schon seit Generationen im Familienbesitz. Eine Reihe von Erstausgaben mexikanischer und argentinischer Literaturklassiker waren in einer Museumsvitrine verwahrt; ich erkannte auch ein Gemälde von Joy Laville und eine Grafik von Francisco Toledo. Es sah hier völlig anders aus als im Bunker, einer für die Exilierten der Siebzigerjahre typischen Wohnung, mit Möbeln im mexikanischen Landhausstil, einige auch aus Holzimitat, einem Bücherregal voller Taschenbücher, der Enzyklopädie *Salvat*, Melamin-Geschirr und Reproduktionen von Werken der großen Meister (Vermeer, van Gogh) an den Wänden. Ich(I) setzte mich in einen zierlichen Sessel und wartete. Bald kam Chema zurück.

Señor Alonso sagt, er ist heute noch länger außer Haus, besser Sie kommen nächste Woche wieder.

Señor Alonso? Wer ist Señor Alonso?

Señora Marisas Sohn.

Ach so.

Als ich das Ganze meiner Schwägerin erzählte, bemühte ich mich nicht, meine Verärgerung darüber zu verbergen, dass ich nun eine Woche warten musste, nur weil ihr Freund Alonso nicht aufgetaucht war. Abgesehen davon war es seltsam, sich im Zimmer einer Frau aufzuhalten, die ich nicht kannte und von deren Ableben ich nichts geahnt hatte, obwohl ich damit wohl hätte rechnen müssen. Ich(I) weiß nicht viel über den Tod. Der Tod ist eine andere Art der Abwesenheit. Zu verschwinden ist ähnlich, aber der Tod verursacht, glaube ich, auf einen Schlag eine tiefe (sehr tiefe) Wunde, die dann langsam heilt. Das Verschwinden hingegen verursacht eine kleine, kaum spürbare Wunde, die aber jeden Tag etwas weiter aufreißt. (Diese These haben mein Bruder und ich gemeinsam in den endlosen, leeren Stunden im Bunker aufgestellt.)

Ich war mit einem Paralleluniversum(U^{II}) kollidiert, das glücklicherweise wie ein Notausgang wirkte. Marisa(M_X) ist schon vor ein paar Monaten beerdigt worden, erklärte meine Schwägerin. Alonso(A) hat es bis jetzt nicht geschafft, ihre Papiere zu ordnen, er ist wohl sehr beschäftigt, und es fällt ihm sicherlich auch schwer.

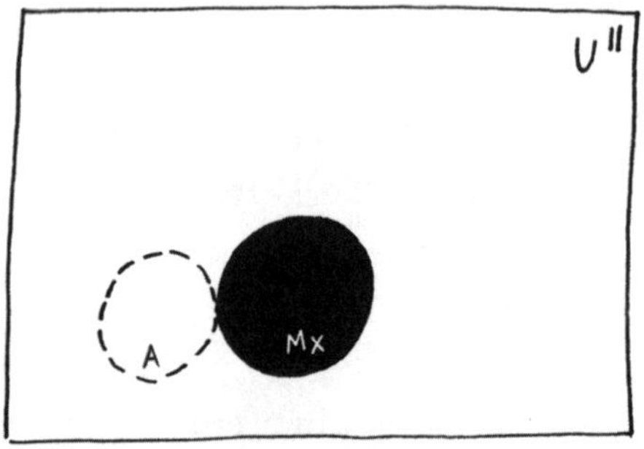
U''
A
Mx

Einmal sah ich Jürgen am Nachmittag durch den Park gehen. Ich(I) hatte ganz vergessen, dass wir ja Nachbarn waren. Ich(I) ging hinunter, um ihm ›zufällig‹ zu begegnen. Mir gefiel es, dass er mich nicht fragte, wie ich hieß, dass er glaubte, ich verstünde kein Englisch und dachte, wir hätten uns auch nichts zu sagen. Und vor allem: Dass wir nicht viele Worte wechseln mussten, sondern uns gleich in sein Zimmer verzogen. In unserer Beziehung ging es um etwas Anderes. Nämlich um ein Gleichgewicht oder vielmehr Gegengewicht:

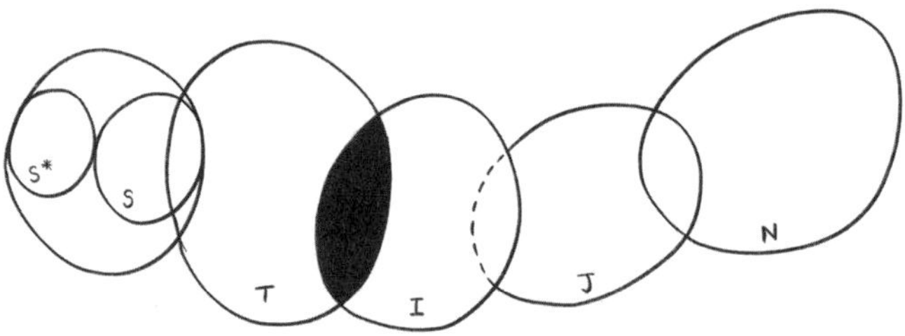

Seine Handschrift fiel mir sofort auf, ausladend und krakelig, schwierig zu entziffern. Die Unterlängen von *g* und *p* waren raumgreifender als der Rest und das A in seinem Namen füllte gut und gern den unteren Teil der Seite aus. Seine Instruktionen waren etwas eigenartig:

> Liebe Verónica!
> Kümmere dich bitte zuerst um die Fotos. Sie sind überall verteilt, aber die meisten in der Kommode. Alle, die verschwommen sind, wo niemand drauf ist, können entsorgt werden, auch alle Landschaftsaufnahmen, auf denen man nicht erkennt, wo sie aufgenommen wurden ... Es würde sich nicht lohnen, sie aufzuheben. Danach kannst du die Fotos in die Hüllen und Mappen einordnen, die ich besorgt habe. Falls du damit fertig bist, bevor ich wiederkomme, könntest du noch die Dokumente und den Krimskrams aus dem Sekretär ausräumen und sortieren.
> Hoffentlich lernen wir uns bald persönlich kennen,
> Alonso

Auch ich wollte ihn gern mal persönlich treffen, obwohl er mich schon wieder versetzt hatte.

Tatsächlich fand ich Fotos in der Kommode, aber auch Postkarten, Zeitungsausschnitte, Zeugnisse und anderes. Ich(I) ordnete alles nach Gruppen: auf einen Stapel Papiere aller Art, auf einen anderen beschriebene Postkarten, auf den nächsten unbenutzte. Die Fotos ordnete ich nach Größe und Format. Die Stapel spiegelten sämtliche Abschnitte von Marisas Leben wider. Ihre Ahnen in Sepia, die Kindheit auf winzigen Schwarz-Weiß-Abzügen, quadratische Fotos in blassen Farben aus ihrer Jugend, rechteckige lilastichige von ihr als erwachsener Frau, Minilab-Abzüge aus den Achtzigern und selbst ausgedruckte Bilder aus den Neunzigern und so weiter und so fort. Ich(I) legte die Stapel so hin, dass eine Zeitleiste entstand, die quer durchs Zimmer reichte. Mir fiel auch auf, dass Alonsos Kindheit sehr ähnlich aussah wie die meines Bruders, obwohl sie nicht genau gleich alt waren. Oder vielleicht ähneln sich einfach alle Familienfotos. Der einzige Unterschied war Marisa Chubut selbst, die sich kleidete wie ein Filmstar aus der Vergangenheit. Wie sie sahen wochentags nur die wenigsten Mütter aus, sie wirkte extravagant. Das Familienalbum im Bunker hingegen schien auf unbestimmte Zeit zu pausieren; wer es sich heute ansieht, könnte glauben, dass man uns die Kamera gestohlen hatte oder wir bei einem tragischen Unfall alle ums Leben gekommen waren, weil es so plötzlich abbricht. Die letzten Fotos entstanden, soweit ich mich erinnere, in Cuernavaca, in einer Villa, die Mamas Arbeitskollegen gehörte. Der Boiler war ausgefallen, aber mein Bruder und ich gingen trotzdem schwimmen und sitzen auf den Fotos mit blauen Lippen und runzliger Haut, in bunt gestreifte Badetücher gehüllt, am Beckenrand.

Ich stieß auf eine Menge Drogerierechnungen (fast alle für Haarfärbemittel und teure Cremes), auf Flugtickets (nach San

Francisco), Geburtstagskarten sowie Einladungen zu Hochzeiten und Taufen (der Kinder und Enkelkinder von ein paar Schriftstellern und Leuten aus dem Showbusiness). Die Landschaftsaufnahmen und unscharfen Fotos kamen auf einen eigenen Stapel. Dazu legte ich auch ein paar, auf denen man nur Füße, Hände oder Teile von Köpfen sah, die nicht zu erkennen waren, und auch alle Fotos von leeren Zimmern und verschiedenen Gegenständen.

Aber den wertvollsten Schatz stellten circa dreißig bis vierzig Fotos dar, aus denen Marisa die Leute herausgeschnitten hatte. Man sah, dass die Schere um jemanden herumgeschnitten hatte, der offenbar wichtig gewesen war. Sie hatte diese Leute nicht gehasst, sondern sie waren ihr, ganz im Gegenteil, die liebsten gewesen. Das weiß ich, weil ich sie später alle vereint auf einer riesigen Collage auf schwarzer Pappe in der Bibliothek des Hauses gesehen habe. Ich(I) verstehe nur nicht, wieso sie eigentlich all die Quadrate und Rechtecke mit einem Loch drin aufbewahrt hat. Man sah nur noch die Kulisse, in der sich eine Person befunden hatte, nun für immer getrennt, entwurzelt. Die Figuren würden nie mehr in ihren ursprünglichen Kontext zurückkehren, die Rahmen waren aus der Zeit gefallen. Ich(I) traute mich nicht, die kleine Sammlung wegzuwerfen, also packte ich sie in meinen Rucksack und nahm sie mit nach Hause.

Mit ihrer Hilfe kann man die Welt von oben betrachten – das ist es, was mir an Venn-Diagrammen gefällt. Es existiert zwar kaum ein Beleg dafür, doch während der Militärdiktatur war es in Argentinien verboten, die Mengenlehre in der Schule zu unterrichten. Wir wissen zum Beispiel, dass eine Tomate zur Menge der Tomaten(TO) gehört und nicht zur Menge der Zwiebeln(Z), der Chilis(CH) oder des Korianders(K). Was daran gefährlich ist? Die Mengenlehre könnte die Tomaten, Zwiebeln und Chilis auf die Idee bringen, dass sie zwar verschiedene Lebensmittel sind, aber auch einiges gemeinsam haben, zum Beispiel die Tatsache, dass sie alle zur Menge Pico-de-Gallo-Salsa(PDGS) gehören könnten, und zugleich auch zum Universum der Nutzpflanzen(NU), oder sie könnten sich vielleicht gegen eine andere Menge oder ein anderes Universum verbünden, zum Beispiel das der Chili-Salsa(CHS). Kurz gesagt, sich als Gemüse vergemeinschaften. Venn-Diagramme sind Werkzeuge für die Logik der Mengenlehre. Und vom Standpunkt der Mengenlehre ergibt die Diktatur wenig Sinn, weil sie in hohem Maße auf Vereinzelung setzt: Separieren, Trennen, Zerstreuen, Verschwindenlassen. Vielleicht war die Sorge, dass Kinder von klein auf lernen könnten, sich in Gemeinschaften zu verbünden, kollektiv zu denken und Widersprüche in der Sprache, im System zu erkennen. So gesehen zeigt die Betrachtung der Welt von oben Beziehungen und Funktionen auf, die nicht ganz offensichtlich sind.

Während der ersten Monate habe ich Alonso kein einziges Mal gesehen. Chema sagte mir, er habe an der Uni in den USA zu tun, an der er seine Doktorarbeit in Literatur schrieb, käme aber im Sommer wieder. Er stellte mir auch einen Scheck aus, der mein bisheriges Honorar abdeckte. Ich(I) zahlte ihn fast zur Gänze auf mein Konto ein und behielt nur ein wenig Bargeld für Benzin und meine täglichen Ausgaben. Da ich weder Ferien noch eine richtige Arbeit hatte, war es mir egal, welches Datum wir gerade hatten. Ich(I) würde ihn dann wohl im Juni kennenlernen, jetzt war es Mitte April. Sechs Monate waren schon vergangen. Sechs Monate hatte ich darauf gewartet, dass Tordo reumütig anrief und zugleich versucht, mich damit abzufinden, dass es nicht dazu kommen würde.

Die Zeitlandschaft breitete sich vor mir aus. Man sah den Sperrholzplatten nicht nur die Zeit an, die in der Maserung eingeschlossen war, sondern in Schattierungen von Schwarz, Weiß und Grau auch jene, die ich investiert hatte, um die Linien mit dem Pinsel nachzuziehen und die Flächen auszumalen. Die dritte Platte habe ich nie bemalt. Ich fand es sinnvoll, nur zwei fertigzustellen, weil sie wie zwei Flügel einer riesigen Tür wirkten, ein Zugang zu einer anderen Dimension (von dem ich nur noch nicht wusste, wie man ihn öffnete).

Angenommen, ich werfe einen Stein in einen Teich, dann breiten sich die Wellen in konzentrischen Kreisen auf der Wasseroberfläche aus, eine nach der anderen, und verebben am Ende. Schematisch dargestellt ergeben diese Wellenkreise einen Kegel. Seine Spitze ist der Ort und Zeitpunkt, an dem der Stein ins Wasser gefallen ist, seinen Körper bilden die Wellen, die sich erheben und entfalten. Das ist deshalb wichtig, weil sich die Zeit bei Lichtkegeln so ähnlich verhält. Wenn ich Stephen Hawking richtig verstanden habe, schickt jedes Ereignis im Universum – so wie der Stein im Wasser die Kreise entstehen lässt – einen Lichtkegel in die Vergangenheit (←) und einen in die Zukunft (→). Dort, wo sich die Spitzen der beiden Lichtkegel berühren, ist die Gegenwart, der gegenwärtige

Moment. In der wissenschaftlichen Darstellung würde die Zeit wie ein gespiegelter Kegel aussehen, ähnlich einer Sanduhr. Mein spezieller Fall kann jedoch nur abgebildet werden, wenn wir von zwei Vergangenheitskegeln ausgehen – Tordo und Mama – die ihr Spiegelbild in die Zukunft werfen und sich dabei gegenseitig überlagern. Anders lässt es sich nicht erklären, warum ich mich wie in einer Waschmaschine im Schleudergang fühle, oder warum von hier aus betrachtet die Zukunft wie ein Strudel aussieht:

Marisa(M_X) Chubut wurde zehn Jahre vor Mama geboren. Auch sie war wegen der argentinischen Diktatur ins Exil nach Mexiko gegangen. Ansonsten hatte ihre Geschichte mit der meiner Eltern nicht viel gemeinsam. Ich dachte mir ein einfaches System aus, um alles zu sortieren. Erst grob nach Gruppen: Dokumente, Zeitungsausschnitte, Manuskripte, Rezepte. Danach ordnete ich jeden Stapel akribisch. Ich bat Chema um Mappen und bekam schon am nächsten Tag eine Schachtel mit hundert grünen und eine mit hundert rosaroten. Zu dieser Zeit war Marisas Zimmer längst zu einer Stadt mit Gebäuden aus Papierstapeln geworden, durchzogen von Straßen, die den einzigen freien Platz im Raum bildeten. Es gefiel mir, mich dort aufzuhalten. So verbrachte ich meine Zeit auch im Paralleluniversum, in dem mich Marisas Abwesenheit umgab, und nicht nur in meinem Ursprungsuniversum, in dem mich Mamas Abwesenheit umgab. Der einzige Weg, den ich zurücklegte, war der vom Bunker (und seiner Umgebung) in dieses Zimmer im obersten Stock eines Hauses in Tizapán, San Ángel (und seiner Umgebung) und dann wieder zurück.

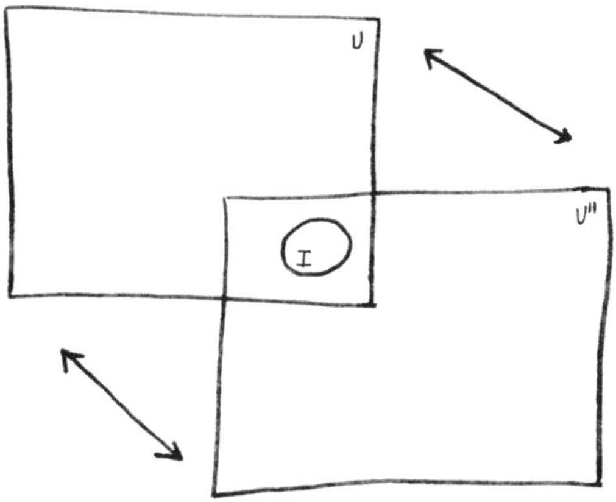
U
U''
I

Ich(I) habe einen Albtraum: Ich(I) will reden und kann nicht. Ich(I) will schreien und kann nicht.

Jede Mappe erzählte eine kleine Geschichte, wobei die in den grünen Mappen gut ausgingen und die in den rosaroten schlecht. Die Einladung zur Hochzeit von Marisa Chubut und Tono(T_N) García, die Heiratsurkunde aus Argentinien, die Scheidungsurkunde aus Mexiko: eine Liebesgeschichte auf drei Blatt Papier in einer rosaroten Mappe. Die Geburtsurkunde (Argentinien, 1973), der Taufschein, Grund- und Mittelschulzeugnisse (mittelmäßiger Notenschnitt: 7,3 bzw. 7,5), das Ergebnis einer Röntgenuntersuchung des Gastrointestinaltrakts und ein internationaler Impfpass in einer grünen Mappe. Darauf ein Post-it, auf das ich ›Alonso García Chubut – VORGESCHICHTE‹ schrieb. Das eigenhändige Testament von Mauricio Chubut (Marisas Vater) samt Fotokopie, der Stammbaum des Hauses Chubut, Belege von Zahlungen an Gonzalo Elizondo, ›An meine geliebten Enkel‹ (Brief vom 1. Juli 1965), Nachlassverzeichnis, Sterbeurkunde (Autounfall) – alles in einer rosaroten Mappe mit einem Post-it, auf dem ›Mauricio Chubut – GROSSVATER‹ stand.

Das Rätsel der Zeit auf Sperrholzplatten ließ sich auch mithilfe der Dendrochronologie nicht verstehen. Die Jahresringe der Bäume zeigen Umweltveränderungen an, ich fand aber nichts darüber, wie man ihre Maserung untersuchen oder potenziell durcheinanderwirbeln konnte: Indem man sie auseinanderriss, neu zusammenfügte oder einzelne Teile, wie sie waren, in der Schwebe beließ. Beinahe alle wissenschaftlichen Texte beschäftigten sich mit dem Klimawandel, und es war ein Ding der Unmöglichkeit, sie komplett zu verstehen. Ich(I) habe wohl stundenlang aus dem Fenster gestarrt, auf die Baumkronen vor der Institutsbibliothek. Zwischendurch las ich wieder ein paar Absätze, zum x-ten Mal, auf der Suche nach irgendeinem Hinweis, den ich vielleicht übersehen hatte, aber dann übermannte mich die Langeweile, ich legte den Kopf auf den Tisch und döste, bis Violeta kam, um mich abzuholen.

Alonsos(A) Gesicht hatte stets einen traurigen Ausdruck, aber er lachte über alles und jedes. Das verunsicherte mich (und ich kam mir dumm vor), ich konnte ihn ja nicht fragen, was zur Hölle er so lustig fand. Sein Verhalten fand ich nervig, aber dennoch wartete ich jeden Tag auf den Moment, in dem er sich endlich entschloss, hoch in Marisas Zimmer zu kommen und mit seinem unpassenden Lachen mein gewohntes Schweigen zu unterbrechen. Erst später entdeckte ich, dass es einige (wenige) Dinge gab, die ich tun oder sagen konnte, um ihn nervös zu machen, und dass sein Lachen dann anders klang. (Bald konnte ich die Änderung seiner Tonlage, Atmung und Lautstärke deuten, denn nur so kam ich drauf, was los war, wie es ihm ging, denn er lachte immer, egal ob er sich gut oder schlecht fühlte oder nervös war oder sonst irgendwas.) In solchen Momenten kam es mir so vor, als wäre er unsicher und nicht ich. Ein kleiner Triumph. Das Paralleluniversum (U^{II}), das ich Schritt für Schritt besiedelte, wurde durch seine Gegenwart konkret:

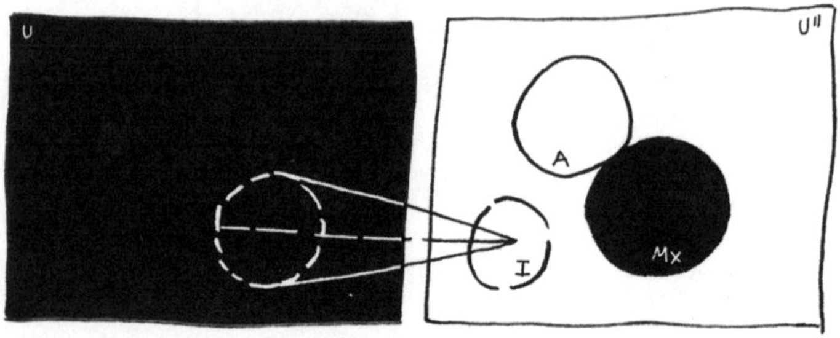
U
U''
A
I
Mx

Heute Morgen wurde ich wieder von einem Geräusch wach. Nuar rannte mit aufgerichtetem Schwanz quer durch die Wohnung und verkroch sich hinter einem Bücherregal. Es klang, als ob etwas hinuntergefallen und klirrend auf dem Küchenboden zersprungen wäre.

Obwohl ich versuchte zu fliehen und mich so viel wie möglich in meinem Paralleluniversum aufhielt, wirkte die Gravitationskraft des Ursprungsuniversums weiter und ich geriet schließlich wieder in seinen Sog: Jürgen(J) war am Telefon – sein erster und letzter Anruf bei mir. Ich(I) ahnte, dass es keine nächtlichen Rendezvous mehr geben würde (und tatsächlich bat er mich, nicht mehr zu ihm zu kommen). Ich beachtete es kaum, weil der Anruf Alonso aus der Fassung zu bringen schien, ja, ich bin ziemlich sicher, dass er ihn aus der Fassung brachte, und nur das zählte. Das läutende Handy hatte die Grenze zwischen dem Paralleluniversum und dem Ursprungsuniversum aufgehoben. Am liebsten würde ich erzählen, dass alles chaotischer war als je zuvor, aber in Wahrheit herrschte eine feste Ordnung, was mir überhaupt nicht entgegenkam.

In den Zeitungsausschnitten steht, dass sie Schriftstellerin war, mit fünfundsechzig gestorben ist und in ihrem ganzen Leben nur ein Buch veröffentlicht hat. Ich bin keine Expertin, aber ich bin fast sicher, dass es kein Meisterwerk ist. Sie war auch Schauspielerin, ist aber nur einmal in Argentinien im Theater aufgetreten und einmal in Mexiko, bei einer szenischen Lesung von Gedichten. Unabhängig davon, in wie vielen Zeitungsausschnitten ihr Buch oder ihre Schauspielkunst bei ihrem einzigen Auftritt erwähnt wurden, war Marisa Chubut eine Nebenfigur gewesen. In der ›Kunstszene‹ hatte sie im Mittelpunkt gestanden, aber eigentlich war sie ein Niemand.

Vermutlich empfand ich ein gewisses Mitgefühl, weil auch ich nun eine Nebenfigur in meinem Leben war. In Büchern ziehen mich diese unbedeutenden Charaktere besonders an: jemand, der auf den ersten Blick klein wirkt, aber groß ist, oder jemand, der groß zu sein scheint, aber nur aus heißer Luft besteht. Es ist aber nicht dasselbe, im wirklichen Leben in der zweiten Reihe zu stehen. Ein Foto mit drei Personen, auf das ich stieß und das jemand 1979 aus einem Gesellschaftsteil ausgeschnitten hatte, illustriert das besonders gut, denn in der Bildunterschrift steht wortwörtlich:

›Josefina Vicens (links), Vicente Rojo (rechts) und eine Unbekannte (Mitte)‹. Eine Unbekannte. Marisa(M_X). Das war sie gewesen: ein Niemand.

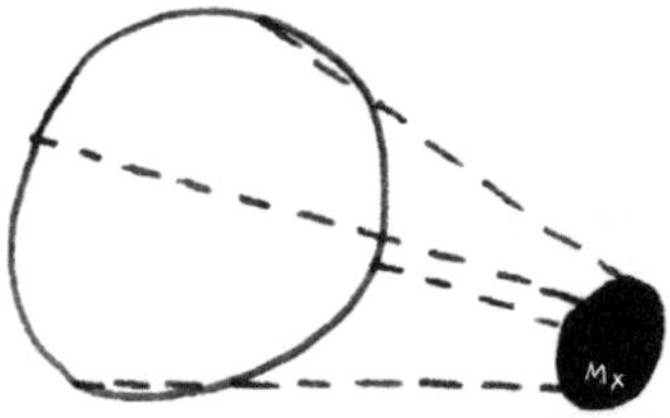

Und deine Beobachtungen mit dem Teleskop? fragte Alonso nach einem ausgedehnten Schweigen.

Ach, weißt du, ich bin für die Astronomie nicht gemacht. Ich tue alles Mögliche, nur nicht in den Himmel schauen ... Hey, du hast noch gar nicht gesagt, ob du nach Argentinien mitkommst ...

Er antwortete nicht.

Wann warst du das letzte Mal dort?

... Als Kind.

... Möchtest du nicht gern mal hinfahren? Ich ließ nicht locker.

Doch, schon.

... Mit mir?

Ja, mit dir.

... Also dann?

Also dann was?

Fahren wir?

Na gut, fahren wir.

Manchmal beschlich uns der Gedanke, dass Mamas Geschichte eher Sinn ergäbe, wenn wir einen Ort wie die Plaza de Mayo hätten, an dem wir fordern könnten, dass man sie uns zurückgibt, an dem wir fragen könnten: Wo bist du? Aber das ist absurd, weil Mama nicht so verschwunden ist wie die anderen – oder etwa doch? Absurd deshalb, weil mein Bruder und ich gar nicht dort stehen und sie zurückfordern könnten, da wir ja nie geboren worden wären.

Ihre Manuskripte waren immer wieder ein und derselbe Text mit dem immergleichen Anfang. Manche hatten auch ein Ende, andere nicht. Sie unterschieden sich vor allem durch die Handschrift, wobei der schöne und sichere Duktus von Abschrift zu Abschrift immer zittriger und schließlich fast unleserlich wurde. Marisas Manuskripte hatten definitiv nichts mit denen von Jack Torrence in *Shining* zu tun. Sie waren schlicht unterschiedliche, handgeschriebene Abschriften und ›Reinschriften‹ eines Buches, das sein Ende nicht fand. Das einfach kein Ende hatte. Das nicht betitelt, nicht datiert war, dem einfach irgendwann die Wörter ausgingen. Den Anfang habe ich so oft gelesen, dass ich ihn auswendig kann: ›Es ist unmöglich, an den Ort zurückzukehren, den man verlassen hat.‹ Das erinnerte mich an die Tangos, die Mama in nostalgischen Momenten gern gehört hat.

Ich(I) ging zum Regal und suchte *Die Verbannung*, das einzige Buch, das Marisa je veröffentlicht hat, um es mit den vielen Abschriften zu vergleichen: Alles Zwillinge. Alonso(A) hatte davon gesprochen, dass unveröffentlichte Werke auftauchen könnten, aber es handelte sich nicht einmal um korrigierte Fassungen, weil da wirklich immer haargenau dasselbe stand, sogar die Kommas und Punkte waren an derselben Stelle. Ich(I) weiß nicht, ob mich der melodramatische Ton so aufbrachte –

›Mutter! Vater! Werde ich euch eines Tages wiedersehen? Wieso nur lasst ihr mich allein? Wieso habt ihr mich im Stich gelassen? Ach, ist das Leben nicht eine frühe Spielart des Todes?‹ – oder ob es mich nur störte, dass ich mich in Sätzen wie diesem wiedererkannte: ›In der Tragödie meines Lebens bin ich eine gleichmütig Abwesende‹ (*gleichmütig*, so ein gekünsteltes Wort). Ich(I) wollte schon fast aufgeben, aber meine Neugier ließ das nicht zu. Beim Lesen fragte ich mich, ob Alonso das Buch je aufgeschlagen hatte.

Marisa(M_X) hat immer wieder angefangen, dieselbe Geschichte zu schreiben, das finde ich bemerkenswert. Viele verschiedene Anfänge hingegen bedeuten wohl entsprechend viele Fehlschläge, verstümmelte Geschichten. Das ist es, was auch ich vorzuweisen habe, eine Aufzählung unzusammenhängender Teile:

– ein Geflecht aus Mengen
– austauschbare Untermengen
– unsichtbare Schnittmengen
– vorübergehende Verknüpfungen
– plötzliche Auflösungen

Viele Male denselben Text zu beginnen ist zumindest ein beharrlicher Versuch, diese eine Geschichte zu erzählen und zu verstehen.

Sonst scheitert man ein ums andere Mal, weil man verschiedene Geschichten beginnt, die alle gleich enden.

Sonst scheitert man ein ums andere Mal beim Versuch, die Zeit durcheinanderzuwirbeln.

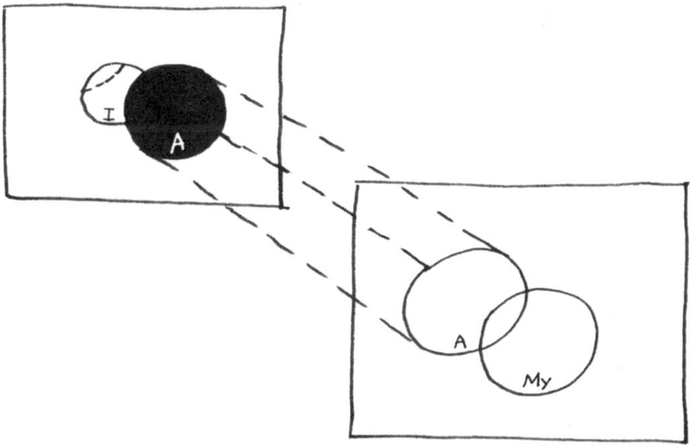
I
A
A
My

An der Grenze – an den Rändern – tendieren die Dinge dazu, ihre Konturen zu verlieren.

Mein Bruder(B) hat Mama gern in seine Geheimnisse eingeweiht. Stundenlang konnten sie sich über Dinge unterhalten, die ich nicht hören sollte. Ich(I) habe nie ein Geheimnis gehabt, das ich interessant genug fand, um es ihr anzuvertrauen. Vielleicht habe ich grundsätzlich keine Geheimnisse. Na gut, eigentlich schon, aber nur ein einziges. Es wäre mir lieber, wenn ich es nicht für mich behalten müsste, aber wenn ich es doch einmal erzähle, hört mich niemand; es ist zum Verzweifeln, niemand versteht mich. Ich(I) habe es mir nicht ausgesucht, wir haben es uns nicht ausgesucht, aber das Geheimnis ist da, unabhängig von mir, unabhängig von uns. Als Kind habe ich mich immer gefragt, wie mein Bruder zu so vielen Geheimnissen kam. Vielleicht erkenne ich sie nur nicht? Wie viele bräuchte ich als normaler Mensch? Mein einziges Geheimnis tauchte erst auf, als wir Mama nicht mehr sehen konnten. Ich(I) teile es mit meinem Bruder und durchschaue es nicht einmal. Ein Geheimnis ist wie eine unsichtbare Teilmenge.

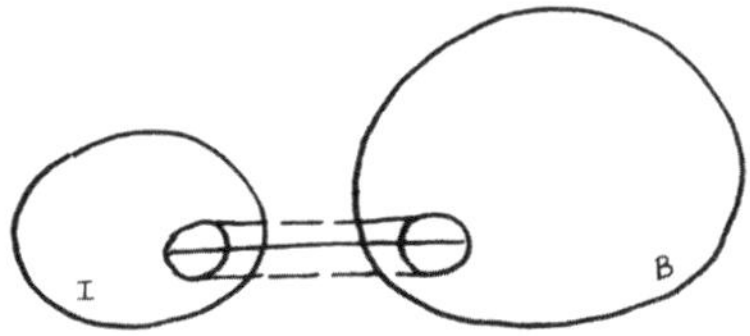

Wir rannten vom Parkplatz zum Eingang des Museums, kamen aber trotzdem klatschnass dort an.

Meine Sneaker sind voll wie Planschbecken, sagt Alonso.

Ja, es klingt auch lustig, wenn du gehst.

Ich bin die plötzlichen Regengüsse in Mexiko-Stadt nicht mehr gewohnt. Bestimmt kriege ich eine Grippe oder Lungenentzündung oder so ... Ich sehe lächerlich aus, so sollte ich da nicht reingehen.

(Schnell schlüpfte ich durch die Tür in die Ausstellung, als hätte ich das nicht gehört. Wir waren ja nun schon mal hier.)

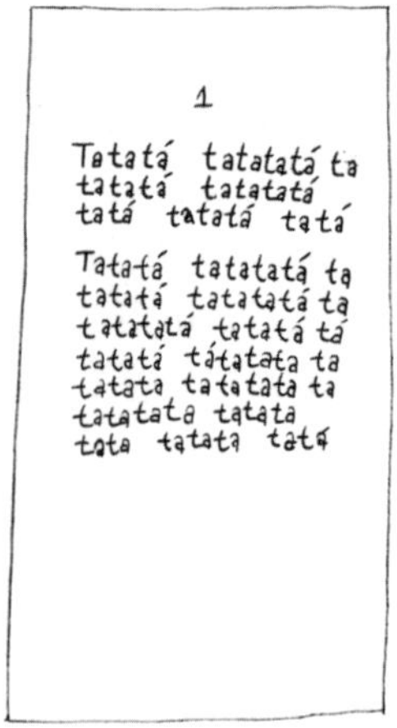

Liest du die Saaltexte nicht? fragt er.

Nein, die versteht man doch nie. Die sollten am Ende kommen.

Und das hier versteht man, oder wie?

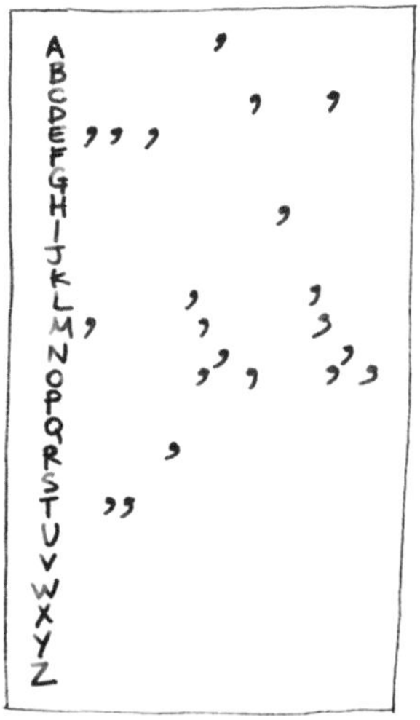

Na, wie sehe ich aus? Bestimmt wie ein begossener Pudel.

(Er lacht sich zur Abwechslung mal wieder über jede meiner Aussagen schief.)

Du solltest dich mal lachen hören, es ist verstörend.

(Er lacht sogleich wieder los.)

Oder vielmehr schwer zu entschlüsseln ...

Du siehst gut aus. Hübsch ...

(Schon verschluckte ich mich und bekam einen Hustenanfall. Katastrophe.)

Sag mal, war das letztens am Telefon dein ...?

Ach ja, der Deutsche, er hat so einen Fußballernamen ...

Und seid ihr ...?

Nein, es ist aus.

... Wieso?

Seine Freundin ist zu Besuch.

Aha ...

Ja, ich weiß, man soll nicht ...

Ich hab doch gar nichts gesagt ... Sprichst du Deutsch?

Nein.

Spricht er Spanisch?

Ich glaube nicht, wir haben uns eigentlich nie viel unterhalten.

Was habt ihr dann gemacht?

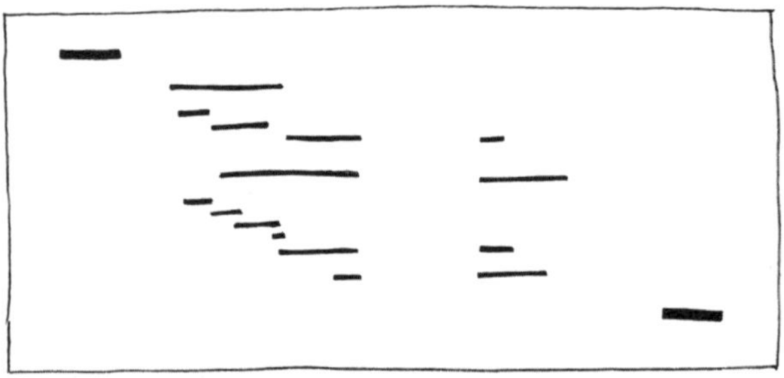

Na, was denkst du denn? sage ich mit gesenktem Blick.

Ob man das entziffern kann? (Ich(I) wollte das Thema wechseln.)

Warum fragst du?

Na ja, weil es ein Geheimnis sein könnte.

Wenn es ein Geheimnis sein soll, ist es sinnlos, es zu entziffern.

Du bist ein Skeptiker.

Vielleicht …

Hast du Geheimnisse?

Ich denke schon.

Ich nicht, glaube ich. Ich wüsste gerne, wie das ist.

(Er lacht.)

Sicher denkst du, ich bin verrückt.

Ach, Unsinn ... Und was du über mich denkst, stelle ich mir lieber nicht vor!

Dass du ein Skeptiker bist, habe ich ja schon gesagt. Und dass mir dein Lachen manchmal ein bisschen feindselig vorkommt, ich es aber trotzdem attraktiv finde.

(Es war mir gelungen, ihn sprachlos zu machen.)

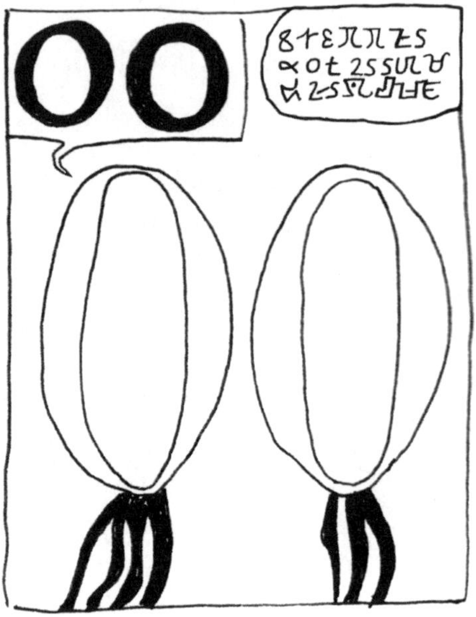

Würdest du jemandem deine Geheimnisse anvertrauen?

Das ist echt eine seltsame Frage.

Ich(I) schlug ihm vor, gemeinsam ein Geheimnis zu hüten, das wir beide nicht verstünden (damit es für immer ein Geheimnis bliebe). Alonso(A) sagte, er müsse noch überlegen, wie so ein Geheimnis aussehen könnte.

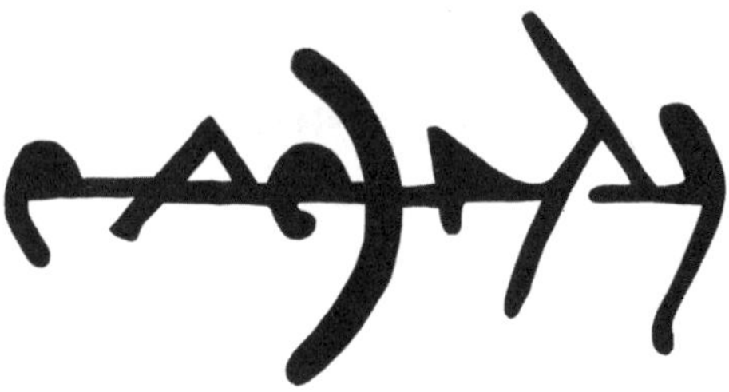

Ich(I) nahm das als Ja.

Da ich es keine Sekunde länger aushielt, dachte ich mir eines aus, wirbelte die Silben durcheinander und flüsterte es ihm ins Ohr. (Er lachte nervös.)

Wenn sich zwei Menschen ein Geheimnis erzählen, sieht das ungefähr so aus:

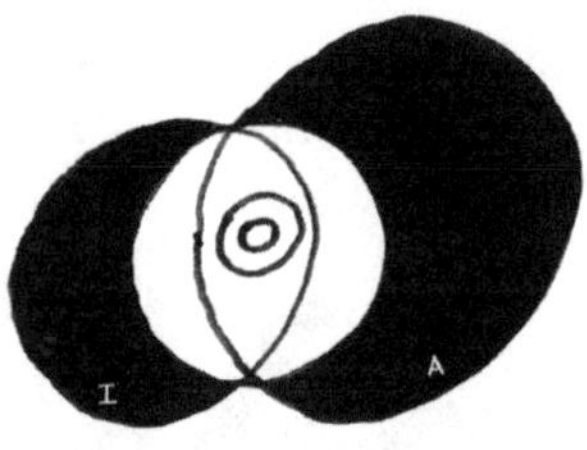

Wen zur Hölle schnurrt Nuar an?

Ich(I) konnte ein paar Details hier und da rekonstruieren und wusste bald mehr über Marisas Exil als über das meiner eigenen Eltern. Sie war im März 1976 nach Mexiko gekommen. Als sie am Flughafen Benito Juárez von Bord ging, war sie achtunddreißig und ihr Sohn drei. Es verging fast ein Jahr, bis Tono(T_N), ihr Ehemann, nachkam, weil er größere Schwierigkeiten hatte als sie, das Land zu verlassen. Marisa(M_X) hatte ihr halbes Leben in Buenos Aires verbracht. Sie hatte diverse Schauspielkurse besucht (und bei einem davon Tono kennengelernt) und in verschiedenen staatlichen Kulturinstitutionen im Büro gearbeitet, um die Miete zu bezahlen.

Anfang 1976 brachte Tono eine (laut der damaligen unabhängigen Presse) ›experimentierfreudige und innovative‹ Inszenierung namens *Autopsie einer Silhouette* auf die Bühne, in der Marisa die Hauptrolle spielte. Aber es gab davon in dieser Spielzeit nur eine Aufführung. Mehrere Schauspieler verschwanden am Tag nach der Premiere. Marisa(M_X) geriet in Panik und versuchte, ihren und Alonsos Namen ändern zu lassen, was aber nicht klappte. Da investierte sie all ihre Ersparnisse in zwei Flugtickets nach Mexiko und vereinbarte mit Tono, sich dort wiederzutreffen. Sie kam im Haus einer Freundin in Cuautla unter.

In *Die Verbannung* erzählt Marisa von der Zeit nach ihrer Exilierung, und besonders ausführlich von einer Erkundungsreise nach Argentinien im Jahr 1984. Sie und Alonso fahren allein (sie ist damals bereits geschieden). Sie beschließt, zu dem Haus zu fahren, in dem sie geboren wurde, stellt jedoch fest, dass dort nun ein anderes, größeres Gebäude steht. Und als sie später an der heruntergekommenen Villa klingelt, in der sie mit Tono gelebt hat, schwanger geworden ist, monatelang Tag und Nacht geprobt hat, macht niemand die Tür auf. Sie versucht es am nächsten Tag erneut und hebt in ihrem Buch ein Detail hervor: ›Der Schlafzimmervorhang bewegte sich, es war also jemand da.‹ Es kommt aber niemand zur Tür. Da erleidet sie an Ort und Stelle, vor der Tür ihres früheren Zuhauses, einen Nervenzusammenbruch. Sie wird ins Krankenhaus eingeliefert. Die Orte, an die sie zurückkehren will, gibt es nicht mehr und darin liegt für sie die Tragik: Ihr gehört hier nichts. Wie es scheint, offenbaren sich die Folgen der Diktatur erst später, viel später. Ins Exil zu gehen verzögert diese nur etwas. Früher oder später macht es SCHLÜÜÜÜRF und man wird von einer fremden Macht eingesaugt, es gibt kein Entkommen. In der Rekapitulation dieser Ereignisse kommt Alonso kaum vor. Ich(I) frage mich, was er damals gemacht hat, er war gerade mal elf.

Nach ein paar Wochen kann Marisa das Krankenhaus verlassen und kauft zwei Tickets für den Rückflug. Sie wird nie wieder einen Fuß nach Argentinien setzen. Bei ihrer Ankunft in Mexiko weist sie sich selbst in eine psychiatrische Klinik ein. Ich(I) frage mich, ob Alonso in dieser Zeit bei Tono lebte, ob ihm jemand erklärt hat, was los ist. Dort hat sie anscheinend begonnen, ihre Memoiren zu schreiben. Ich(I) könnte mir vorstellen, dass die zwanghaften Wiederholungen und die zittrige Schrift ihrer Manuskripte daher rühren. Keine Ahnung, wie lange sie dort war und wie viel Zeit jeweils zwischen den Abschriften verstrichen ist. Ich(I) frage mich, ob das Exil sie zu einer Nebenfigur gemacht hat oder ob sie schon immer eine war. Ich(I) hatte die Manuskripte in eine hypothetische (ziemlich pessimistische) zeitliche Abfolge gebracht: erst die mit leserlicher Schrift und dann diejenigen, die sie nicht beendet hat und bei denen die Buchstaben zu immer weniger verständlichen Symbolen werden. Sie gehörten weder in eine rosarote noch in eine grüne Mappe, weshalb ich sie lediglich mit einer Dokumentenklammer zusammenhielt.

Ich(I) mag die UNAM-Zentralbibliothek – diesen Bücherturm, der sich nach oben hin zu verjüngen scheint –, deren Aufzug sich mit zunehmender Höhe langsamer und langsamer bewegt. Es wirkt hier alles noch so wie in meiner Kindheit, als ich mit Mama hierher kam: Miesepetrige, gewerkschaftlich bestens organisierte Bibliotheksmitarbeiter, Möbel aus den Achtzigern, dazu der charakteristische Geräuschpegel hunderter Menschen, die kommen und gehen; es hatte sich nichts verändert. Bestimmt herrscht in keiner anderen Bibliothek der Welt so viel Lärm. In der Grundschule fingen die Sommerferien immer schon so früh an, dass mich Mama, die niemanden hatte, bei dem sie mich hätte abgeben können, mit zu ihren Uni-Kursen nahm, ausgestattet mit Buntstiften und einem Buch mit abstrakter Kunst zum Ausmalen. Vorher stets der obligatorische Halt in der Bibliothek: Ich(I) half ihr dabei, ein Buch zu finden oder ausgeliehene Bücher zurückzubringen. Es machte mir Spaß, zu lesen, was sie später an die Tafel schrieb, obwohl ich natürlich nichts verstand. In ihren Kursen ging es um Psychoanalyse. Ich erinnere mich daran, dass da oft das Wort ›Geist‹ stand (genau so, in Anführungszeichen), weil es das einzige Wort war, das sich schon in meinem Kinderwortschatz befand.

Wenn mich in der Schule jemand fragte, was meine Mama machte, sagte ich, dass sie Professorin für Geister sei. Da blieb den Leuten der Mund offenstehen.

Um bleiben zu können, ordnete ich die Rezepte, die Marisa aus diversen Zeitschriften und Zeitungen ausgeschnitten hatte, nach Art der Gerichte – Frühstück, Vorspeise, Hauptspeise, Nachspeise usw. –, und legte sie in eine Mappe mit Trennblättern.

Alonso(A) erzählte ich ziemlich viel von mir. Nicht über Dinge wie den Bunker. Andere Sachen. Ich(I) fand es komisch, meine Stimme zu hören, wenn sie nicht nur in meinem Kopf war. Wörter jagen mir Angst ein. Nicht zu wissen, was andere verstehen, wenn ich rede, jagt mir Angst ein. Auch er erzählte mir einiges. Nicht von Marisas Tod oder ihrer tiefen Krise. Aber wir redeten über Argentinien: Wir konnten beide nicht verstehen, warum eine Dose Pfirsiche mit Schlagsahne (oder, schlimmer noch, *dulce de leche*) dort so eine beliebte Nachspeise war.

Malst du oder machst du komische Sachen? fragte er plötzlich.

Tja ... ich glaube, ich mache komische Sachen.

Aha. Bist du eine von den Künstlerinnen, die nicht zeichnen können?

(Das sollte wohl ein Scherz sein, aber ich fand ihn nicht witzig.) Ja, genau, eine von denen ...

Ich(I) erzählte ihm zum Beispiel von meinem Zeichenkurs an der La Esmeralda. Die Übung war einfach gewesen: Zeichnet die Hand des Modells. Meine Zeichnungen waren für gewöhnlich schlecht und der Lehrer hatte keine Geduld mit mir. An jenem Tag aber konzentrierte ich mich, ich wollte es gut machen. Je wirklichkeitsgetreuer eine Zeichnung wirkte, umso besser war die Note. Am Ende der Stunde schritt die ganze Gruppe die Zeichentische ab und besprach die Arbeiten. Ich(I) hatte ein gutes Gefühl, weil ich mich so angestrengt hatte, und diese Übung war – obwohl ich nach wie vor nicht zu den Guten im Kurs gehörte – sicherlich diejenige im Semester, die mir am besten gelungen war. Als wir an meinen Tisch kamen, betrachtete der Prof das Blatt eine ganze Weile, ohne etwas zu sagen. Ich(I) dachte gerade, dass er mich dieses Mal in Ruhe lassen würde, dass ihm nichts dazu einfiel; vielleicht haderte er damit, dass ich mich verbessert hatte (er hasste mich nämlich).

Schon besser, Verónica, aber sag mal, warum zeichnest du eine Hand mit sechs Fingern?

Alonso(A) lachte genauso schallend los wie damals die ganze Klasse, versuchte es aber dann wiedergutzumachen:

Ich kann auch nicht zeichnen.

Du musst es ja auch nicht können ...

Zum Ausgleich erzählte er mir ebenfalls eine Geschichte: In seinem letzten Kindergartenjahr bekam er in der Englischstunde die Aufgabe, ein Bild zum Thema Halloween zu zeichnen. Er malte ein weißes Blatt komplett schwarz an und brachte es der Lehrerin; sie verzog den Mund und fragte, was das sei. Die Nacht, sagte er. Miss Ramírez stand von ihrem Stuhl auf, bat alle um Ruhe und wandte sich an die ganze Gruppe: Passt mal auf, zeichnet mir bloß nicht sowas, ja? Ich(I) versuchte, mir das Lachen zu verbeißen, aber weil Alonso sowieso immer lauter lachte als ich, war das nicht nötig.

Hast du das Bild noch?

Ich habe es gleich danach in den Mülleimer auf dem Gang geworfen.

Och, ich hätte es gerne!

Er lächelte. Danach wäre ich nie mehr auf die Idee gekommen, Künstler werden zu wollen, sagte er, den Blick auf meinen Mund geheftet.

Gleich würde etwas passieren (ich hatte so eine Vorahnung, weil die Stiche in meinem Becken unerträglich wurden). Es gefiel mir, wie Alonso die Nacht sah. Die Spannung zwischen uns überspielten wir.

Geister gehören aber in die Vergangenheit. Jedenfalls kommen sie aus der Vergangenheit.

Hier gibt es keine Geister.

VERSCHWINDEN ———————— X
ERSCHEINEN ———————— GEIST

Wir müssen X ermitteln, um das Zauberwort zu finden, das wir brauchen.

Der Bunker (oder Mama) ist die Unbekannte X.

Manche Dinge, da bin ich mir sicher, lassen sich nicht mit Worten ausdrücken.

Ich(I) werde nie erfahren, wer D. ist.

Ich(I) versuche, Omas Medikamentenschachtel zu ordnen. Das meiste ist abgelaufen. Und hier heißt alles anders. Manchmal habe ich das Gefühl, das Pillenschlucken ist für sie so sehr zur Routine geworden, dass sie sich einen Spaß daraus macht, nach Farben zu gehen. In der Schachtel herrscht ein solches Durcheinander, dass ich mir nicht vorstellen kann, wie sie hier irgendetwas findet. Sie hat nichts zum Gurgeln da, und mir tut beim Schlucken immer noch alles weh. Ich(I) beschließe, es mit ihrer Methode zu versuchen, und schlucke zwei beliebige Tabletten, eine rosarote und eine weiße.

Ich(I) setzte mich zu der Truhe am Fußende des Bettes und öffnete sie mit dem Schlüssel, den ich im Sekretär in einer Schachtel gefunden hatte. Sie enthielt unglaublich viele Briefe. Ich(I) ordnete sie zuerst nach folgendem einfachen System: ›Briefe von Marisa an‹ und ›Briefe an Marisa von‹. Es waren darunter, von einem Gummiband zusammengehalten, ein paar sehr verliebte Briefe, die ihr Tono geschrieben hatte, als er eine Zeit lang in Kuba war, Anfang der Achtzigerjahre, vor ihrer Trennung. Dann war da noch der Briefwechsel der beiden aus der Zeit der Diktatur, spärlich und knapp. Sie schreiben sich nur sehr einfache, zum Teil absurde Sachen. Es steckt aber mehr dahinter, etwas, das nur sie verstehen konnten, ihre eigene Sprache. Das muss wohl Liebe sein. Vielleicht hätte ich sie nicht lesen sollen, es gehörte nicht zu meinen Aufgaben, aber Alonso fragte nie genauer nach, was ich machte. Ich(I) weiß nicht, ob er eine Vorstellung davon hat, was sich alles in den Möbeln im Zimmer seiner Mutter verbirgt. Wenigstens gibt es jetzt jemanden, der über Marisas Geschichte Bescheid weiß. Ob es jemanden gibt, der über die von Mama Bescheid weiß? Falls dem so ist, würde ich diesem Menschen gern ein paar Fragen stellen.

Du rufst Oma an und sagst ihr, dass wir kommen!

Das war doch deine Idee … Also wirklich …

Ich habs aber zuerst gesagt!

Mein Bruder(B) ist der Erstgeborene; er ist Historiker, lebt aber davon, Dokus zu drehen. Mal schreibt er das Drehbuch, mal macht er die Dramaturgie, mal führt er Regie, manchmal auch alles zugleich. Er meint, er sei mittlerweile zum Spezialisten für die Mikrogeschichte der Hauptstadt und ihrer Umgebung geworden. Er ist zum Beispiel ein Fachmann für den verlassenen Bahnhof von Pantaco, die Geschichte des Hotels Isabel, die Errichtung von Fußgängerbrücken, die Revolverpresse von Mexiko-Stadt und die Passionsspiele von Iztapalapa.

BEOBACHTUNGSBLATT I

ORT: Parque de las Américas, Colonia Narvarte
DATUM: 20. September 2003
LICHTVERSCHMUTZUNG (1–10): 10
OBJEKT: eine Frau und ein Kind
GRÖSSENORDNUNG: etwa siebenunddreißig und sieben Jahre
KONSTELLATION: Familie
ORTSZEIT: 11:30

BEOBACHTUNG:

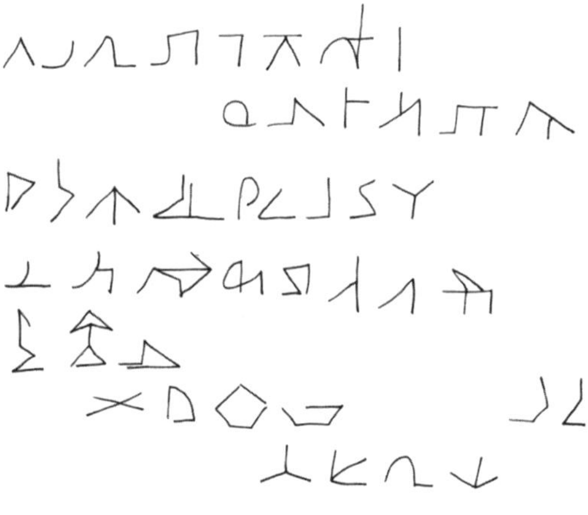

ANMERKUNGEN:
Mutter und Sohn, die auf dem nassen Rasen Yoga machen. Ich kann erkennen, dass der Junge ein T-Shirt mit dem schwarz-gelben Batman-Zeichen trägt. Bei den Positionen, bei denen man das Gleichgewicht halten muss, verdreht er die Augen. Sein ›herabschauender Hund‹ ist ein vollkommenes Dreieck. Beide haben einen nassen Hintern. Ihre Körper bilden immer wieder wechselnde Schriftzeichen, aber die Botschaft ist nicht zu entschlüsseln.

Hast du Hunger? Er nickte. Also schlug ich ihm nach dem Museumsbesuch vor, Abendessen zu gehen. Er sagte, er könne jetzt nicht, er müsse noch etwas für seine Doktorarbeit tun – und sich umziehen, weil er sich in der feuchten Kleidung unwohl fühle. Im Auto überredete ich ihn irgendwie, keine Ahnung, wie ich das gemacht habe. Die Tischdecke im Restaurant war mit einem Kreuzworträtsel bedruckt. Während wir aufs Essen warteten, rieten wir Wörter. Alonso(A) ergänzte ›Mittelalterliches Kriegsschiff, das gerudert wurde: Ga…‹: LEERE; und ich ›Schlägerei: Handge…‹: MENGE.

Zwischen den Briefen fand ich auch die Bedienungsanleitung des Teleskops. Es war eine dieser Bedienungsanleitungen, die viel komplizierter und unübersichtlicher waren als das Gerät, mit dem man sich vertraut machen wollte. Dafür enthielt sie interessante Schaubilder, ein Beispiel für ein BEOBACHTUNGSBLATT und viele Symbole, mit deren Hilfe sich Anmerkungen notieren lassen. Das hier ist zum Beispiel eine Umlaufbahn:

Das steht für ›dunkle Flecken‹ auf Planeten:

Das bedeutet natürlich unendlich:

Und das hier steht für Ungewissheit (es musste natürlich ausgerechnet ein Dreieck sein …):

Ich(I) sagte nichts. Oder nur so etwas wie Aha. Und das wars. Alonso(A) weiß, dass ich weiß, dass seine Freundin in San Francisco ist. Was ich allerdings nicht wusste war, ob er wusste, dass ich ihn vermissen würde.

Ich(I) schickte ihm eine E-Mail, was ich sogleich bereute, nachdem ich auf senden geklickt hatte.

13. August

Solona,

mitwo tigstschäfbe du dich derage?
Ich semisver dich lichschreck ...

Zum Glück tauchte – allerdings erst ein paar Tage später – seine E-Mail-Adresse in meinem Postfach auf:

18. August

Liebe Verónica!
Ich habe das Thema meiner Doktorarbeit geändert. Ich vermisse das Teleskop nicht, nimm es ruhig mit! Ich kann dich beruhigen, es gehört mir nicht mal. Und ich habe auch noch eine Präsentation über Akrosticha vorbereitet.

A.

Erst war ich enttäuscht, weil ich die Nachricht ausweichend fand. Dann sah ich nach, was Akrosticha waren, weil ich hoffte, hier einen Hinweis zu finden. Im Wörterbuch stand: ›Akrostichon – Gedicht, bei dem die Anfangsbuchstaben, -silben oder -wörter der Verszeilen oder Strophen ein Wort oder einen Satz ergeben.‹ Wie ein Detektiv, der in einem Mordfall endlich eine heiße Spur hat, las ich die Nachricht senkrecht: Man konnte mein Herz bis ans andere Ende der Stadt klopfen hören. Was das Teleskop betraf, nahm ich ihn beim Wort.

Etwas so Einfaches und Niederschmetterndes wie eine blöde Kaffeetasse?

Um noch etwas Zeit zu schinden, ordnete ich die Briefe chronologisch. Nur in seltenen Fällen machte ich mir die Mühe, Briefe ihrer Schwester Malena und anderer Verwandter zu lesen. Am Boden der Truhe fand ich außerdem eine schwarze Tasche. Darin lagen hunderte von Schnipseln auseinandergeschnittener Briefe. Es fühlte sich so an, als hätte ich einen Schatz entdeckt. Die Handschrift war nicht von Marisa. Ich(I) verglich sie mit den anderen Briefen, fand aber keine Entsprechung. Dann leerte ich den gesamten Tascheninhalt auf den Teppich, wobei ich an meinen Bruder denken musste, mit dem ich zu Weihnachten, völlig gelangweilt von so vielen Ferientagen, oft im Esszimmer gepuzzelt hatte. Zweifellos verbargen diese Relikte ein Geheimnis. Auf manchen Schnipseln fand ich Datumsangaben aus der Zeit, in der Marisa gerade nach Mexiko gekommen war, aber die Schrift sah überhaupt nicht nach Tono aus. Als nächstes suchte ich alle Schnipsel heraus, auf denen jemand unterzeichnet hatte, nämlich mit ›D.‹. Das sagte mir auch nicht viel.

Ich(I) beschloss, die Briefe wieder zusammenzusetzen. Alonso(A) war nicht da, also bestand keinerlei Gefahr, dass er mich dabei überraschte. Ich(I) wusste, dass die Schnipsel nicht mehr dorthin gehörten, wohin ich sie nun brachte. Marisa(M_X) hatte diese Geschichte absichtlich als nicht lesbares Durcheinander aufbewahrt. Und je mehr Briefe ich rekonstruierte, desto stärker plagte mich mein Gewissen. Ich(I) versuchte, zu einem Augenblick zurückzukehren, der nicht mehr existierte, in dem gestimmt hatte, was in den Briefen stand.

Auf der Suche nach D. ging ich noch einmal alle Fotos und auch die Zeitungsausschnitte durch, fand ihn aber nirgends.

Im Bunker bleiben die Sachen nicht, wo sie sind. Jedenfalls sieht es so aus. Ich(I) war sicher, dass ich das Buch auf dem Schreibtisch, nicht im Regal, und die Schuhe im Wohnzimmer, nicht neben meinem Bett gelassen hatte. Und ich hätte auch schwören können, dass ich Joghurt eingekauft hatte, aber dann war nichts mehr davon da. Vielleicht kam ja hin und wieder mein Bruder vorbei – das mit dem Joghurt könnte er gewesen sein, aber nie im Leben würde er meine Schuhe in ein anderes Zimmer tragen. Als ich meine Oma anrufe, um ihr unseren Besuch anzukündigen, berichtet sie von demselben Problem:

Hallo Oma, wie geht es dir?

Stell dir vor, nichts bleibt hier, wo es ist! Ich lege etwas irgendwo hin, und später taucht es ganz woanders wieder auf.

Bist du sicher, Oma?

Keine Ahnung, ob ich nur zerstreut war oder nicht mehr so gut sehe, aber mir ging es genauso. Es überraschte mich aber nicht besonders, weil im Bunker von allen physikalischen Gesetzen nur das des Chaos gilt.

Zwei Telegramme. Die letzten Nachrichten von D. an Marisa.

Das eine von Ende 76, das andere von Januar 77. Damals, irgendwann im Januar oder Februar, kam Tono nach Mexiko.

Es war ein Ende in zwei Teilen.

Beide äußerst dürftig.

Wie üblich, wenn es aus ist.

Hier das erste:

31.12.76
Ich wünsche dir ein frohes Neues Jahr ++STOP++ D ++STOP++

Das zweite Telegramm ließ mich erstarren:

13.01.77
Ich weiß, wir werden uns wiedersehen ++STOP++ Die Liebe beweist uns stets die Zirkularität der Welt ++STOP++ D ++STOP++

Die Bedienungsanleitung des Teleskops enthielt auch eine Liste mit Satzzeichen und Buchstaben, die als Kürzel zur Beschreibung des Wetters dienen:

(.) bodennaher Niederschlag
, zeitweise Nieselregen
„ durchgehend Nieselregen
. zeitweise leichter Regen
: zeitweise mäßiger Regen
; zeitweise Regen und Nieselregen
D herumwirbelnder Staub

Ich(I) frage mich, ob man mithilfe dieser Symbole das Werk in der Ausstellung, das nur aus Kommas und Buchstaben besteht, lesen könnte. Es würde wohl meistens auf zeitweise Nieselregen zwischen den Buchstaben hinauslaufen. Ein ziemlich trauriger Text.

Ich will etwas Besonderes kochen, sagt meine Oma. Aber dann ist es schon spät und wir essen lieber Spiegelei. Auch deine Mama hat jedes Küchenproblem mit einem Ei gelöst. Der Teller, von dem wir essen, ist noch von damals, als deine Mama klein war, sagt sie stolz. Oma(O) findet, man sollte Teebeutel zweimal verwenden. Um gut in den Tag zu starten, braucht sie Matetee. Es ist schon fünfzehn Uhr, aber ich erwähne es nicht. Sie vergisst jedes Mal aufs Neue, dass die gebrauchten Teebeutel im Kühlschrank liegen, und nimmt sich einen neuen. Deine Mama(M) hat nur hartgekochte Eier gegessen, sagt sie. Der Kühlschrank ist ein Teebeutelfriedhof. Sie sagt, dass ich ihr gar nichts mehr erzähle. Dass ich ihr früher alles erzählt habe (wann früher?), dass ich so still bin. Ich(I) habe Halsweh, aber auch das sage ich ihr nicht. Reden wäre zu mühsam. Ich(I) versuche, nicht mehr ständig meine Gedanken zu hören; sie zu verdrängen, bis sie unverständlich werden.

Man sieht Dinge oft erst im Nachhinein. Die Einsamkeit zum Beispiel. Nicht das Gefühl, allein zu sein oder im Stich gelassen zu werden. Das ist etwas anderes. Einsamkeit sieht man nicht, man erlebt sie, ohne sie bewusst zu bemerken. Jedenfalls die Art von Einsamkeit, von der ich spreche. Sie ist eine Art leere Menge, die sich im Körper, in der Sprache einrichtet, bis einen niemand mehr versteht. Im Rückblick wird sie unerwartet sichtbar, ein flüchtiger Augenblick, den man kaum beachtet hatte. Ich denke, ich war noch nie so einsam wie in dem Augenblick, als Mama verschwand. Ich sehe mich mit meinem Bruder im Esszimmer sitzen, mit Toastbrot, Käse, etwas Senf, Cola in Plastikbechern, und bin traurig. Wir haben so getan, als seien die Becher Gläser. Was blieb uns auch anderes übrig? Ich(I) begreife zum ersten Mal, wie einsam wir waren, alle beide. Mein Bruder(B) und ich. Wie schutzlos wir waren.

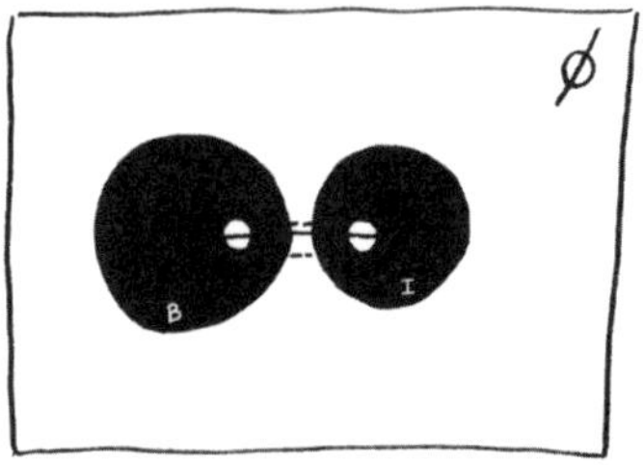

Dann war der Augenblick da, vor dem ich mich gefürchtet hatte. Mir fiel kein Vorwand mehr ein, noch länger Marisas Zimmer aufzusuchen. Ich(I) legte alle Briefe in Pappkartons, die ich beschriftete und zuklebte. Es fiel mir auch kein Vorwand mehr ein, Alonso noch eine E-Mail zu schreiben. Auch er schrieb nicht. Ich(I) wartete jeden Tag darauf, dass er zurückkehrte. Ich(I) weiß auch nicht, wieso. Dann schrieb ich ihm doch:

5. September

Solona,
macht die Beitartordok Teschritfort? Vonwo delthan sie?
Gensriüb beha ich das Chivar nerdei Termut tigfer netordge.
Durchda heste ich vor nemei Blempro:
Du fällstge mir lichnäm. Sehr.

V.

8. September

Liebe Verónica!
Ich muss schon morgen meine Fortschritte präsentieren. Ich habe das Thema: Essays in Romanverkleidung. Eigentlich ist es dasselbe, ob sie es annehmen oder ablehnen. Das einzige Problem ist, dass ich noch nicht so viel darüber sagen kann.

A.

Wenn ich ihm auch gefiel, überlagerten sich zu guter Letzt die beiden Universen. Und ich wäre in naher Zukunft wieder Teil eines Dreiecksschemas, so wie schon vor Monaten mit Tordo, diesmal aber an der Stelle, die ich einnehmen wollte, kostete es auch, was es wollte:

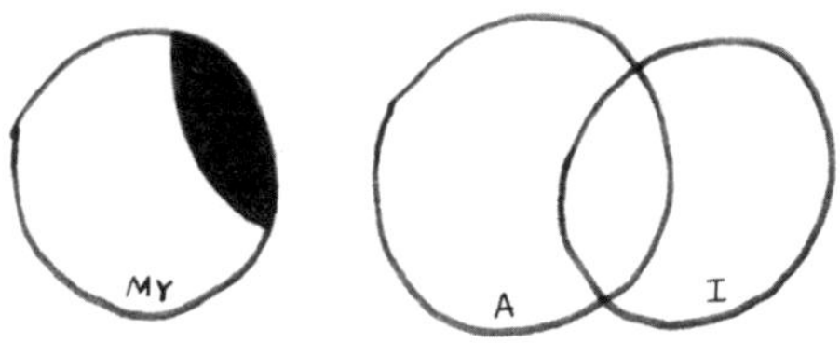

Im Kopf meiner Oma(O) ist *heute* vor dreißig Jahren.
Und heute.
Beides zugleich.

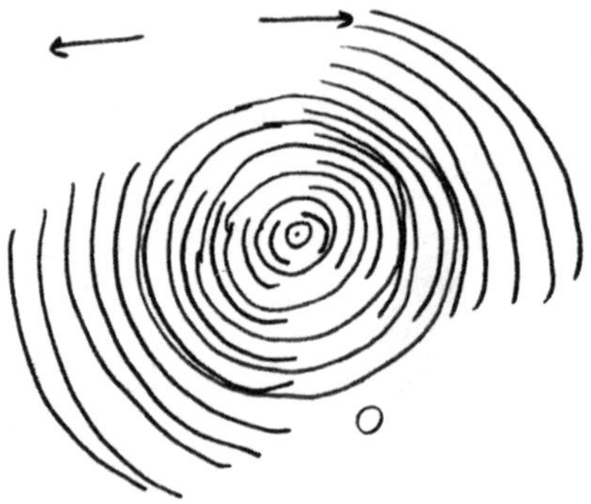

12. November 1976

Marisa,

Briefe zu datieren ist eine relativ sinnbefreite Übung. Welche Bedeutung hat schon der exakte Moment, in dem das eigene Leben aus den Fugen gerät? Zudem würde ich keinen Briefwechsel veröffentlichen, das Genre ist mir zu wirklichkeitsnah. Dich in deinem Haus in Cuautla bei einem Sonnenbad am Pool anzutreffen, gefiele mir da schon besser.

Ich komme dich bald besuchen. Ich liebe dich.

D.

Ich(I) war entflammt. Die Briefe begeisterten mich, als hätte D. sie an mich gerichtet. Im Grunde waren sie unpersönlich, effekthascherisch. Reine Verführungskunst. D. schrieb an eine ferne Zukunft: Da er beteuerte, den Briefwechsel nicht veröffentlichen zu wollen, hatte er vermutlich schon anderes veröffentlicht. Die Worte waren vielleicht an Marisa gerichtet, aber ihr Inhalt war eine Illusion. Ich(I) kann mich auch nicht mehr daran erinnern, was in den Briefen steht, die ich so geschrieben habe. Ich(I) frage mich, ob D. noch am Leben ist. Alles, was wir schreiben, verblasst irgendwann, denke ich. So soll es auch sein. Nichts von dem, was Marisa und D. einander geschrieben haben, trifft noch zu. Waren sie damals wirklich bereit, ihr Leben zu ändern, um zusammen zu sein? Wozu verdammt noch mal sind Relikte von etwas gut, das nicht mehr da ist?

Seit ich die Tür geöffnet habe, schläft Nuar jede Nacht in Mamas Bett. Ich(I) stehe im Türrahmen und versuche sie flüsternd zum Mitkommen zu bewegen, weil ich mich allein zu dieser frühen Stunde vor den Geräuschen im Bunker fürchte, aber es kümmert sie nicht. Keine Ahnung, warum sie lieber dort liegt ... Am Morgen kommt sie trotzdem verlässlich zu mir und legt mir eine Pfote auf die Wange, um mich zu wecken, und wenn ich noch etwas weiterschlafen will, muss ich mir das Kissen über den Kopf ziehen.

24. September

Solona,

denje Genmor rehö ich in nemmei Merzimschlaf: *bumm, bumm, bumm, bumm, bumm* (nemei Barnnach renvienore). Das nertiner mich ans ›Denkleiver‹.

Bumm – nesei der Terwör, die sich nicht denkleiver, destfin du nicht auch?

Da beha ich gleich neei Telis von Ternwör machtge, die leal detkleiver sind: *schablonesk, Taugenichts, verquast, saumselig, durchwalten, quecksilbrig, blümerant, Augenweide …* Vonda rentiexise noch mehr, ich selasbe es bera beida.

V.

24. September

Liebe Verónica!

Hahaha, solche Wörter verwende ich persönlich ständig! Du meinst mit ›nicht verkleidet‹ wohl Onomatopoetika. Du bist ja immer sehr einfallsreich, aber die ist doch echt verrückt, die Idee mit der Verkleidung. Nicht schlecht!

A.

Ich(I) rief Papa an. Ich(I) wollte ihn fragen, ob er eine Ahnung hat, was mit Mama passiert ist (immerhin haben sie zwanzig Jahre lang zusammengelebt), wusste aber nicht wie.

BEOBACHTUNGSBLATT V

ORT:	Parque de las Américas, Colonia Narvarte
DATUM:	13. Oktober 2003
LICHTVERSCHMUTZUNG (1-10):	10
OBJEKT:	Bäume (Baumkronen)
GRÖSSENORDNUNG:	Ø von 60 Zentimetern bis zu zwei Metern
ORTSZEIT:	9:00
AUSRÜSTUNG:	keine

BEOBACHTUNG:

ANMERKUNGEN:
Ich suche einen Baum, in dessen Rinde ich als Kind meinen Namen geritzt habe. Keine Ahnung, was verschwunden ist: der Name oder der Baum. Oder beides?

Bäume bleiben, wo sie sind, sie sind aber trotzdem schwer zu finden.

Córdoba, Argentinien. Manchmal stelle ich mir vor, wie ich bei meiner Oma klingele und mir plötzlich Mama die Tür aufmacht, als wäre sie die ganze Zeit über dort gewesen. Als würden die beiden in dem kleinen Häuschen im Iponá-Viertel Verstecken spielen.

6. Oktober

Berlie Solona,
ist das hier der Fangan von waset?

V.

7. Oktober

Liebe Verónica,

wenn

wir

nicht

über

den

Anfang

nachdenken,

gibt

es

auch

kein

Ende,

A.

Ich(I) nannte sie Nuar. Seit ich ein kleines Mädchen war, hatte ich keine Katze mehr gehabt und völlig vergessen, wie angenehm ihre Gesellschaft war. Später bemerkte ich, dass Nuar stumm war. Eines Tages, ich malte gerade, kam sie zu mir und wollte Miau sagen. Sie riss das Maul weit auf, aber es kam nur ein erstickter Laut heraus, eine Art Schnurren aus dem tiefen Bauch, das kaum zu hören war. Ich(I) folgte ihr, und sie führte mich in die Küche, wo ihr Wassernapf umgefallen war. Nuar konnte stundenlang am Fenster sitzen und in den Park hinunterschauen, in dem sie geboren wurde. Außerdem stolzierte sie gern die Fenstersimse entlang oder sonnte sich auf dem Balkon. In manchen Nächten kamen Kater vorbei und sprachen vom Gehweg oder vom Park aus mit ihr. Nuar antwortete, sah dann aber immer gleich zu mir, weil die Kater sie nicht hören konnten. Einmal kletterte ein kleiner Abenteurer auf einen Baum und kam sehr nahe heran. Nuar blieb still wie eine Statue sitzen und gab dann diesen gedämpften Laut von sich. Der Kater wich zurück und entfernte sich fluchtartig. Es war, als spreche Nuar nicht die Sprache der anderen Katzen.

Ich(I) hatte das Glück, für Alonso ein Ticket für denselben Flug zu bekommen.

Ich(I) gab ihm seine Reserveschlüssel zurück. Er lächelte.

Er versprach, rechtzeitig für die Reise aus San Francisco nach Mexiko-Stadt zurückzukommen. Bevor er ging, fragte er mich:

Was ist dir lieber, Fenster oder Gang?

Gang.

Super, mir Fenster.

Alonso(A) zwinkerte mir zu, zog mich zu sich heran, küsste mich auf die Wange und ging. Ich(I) versuchte noch ein paarmal, ihn anzurufen, um mich zu verabschieden, bevor er ins Flugzeug stieg, aber sein Handy war schon ausgeschaltet.

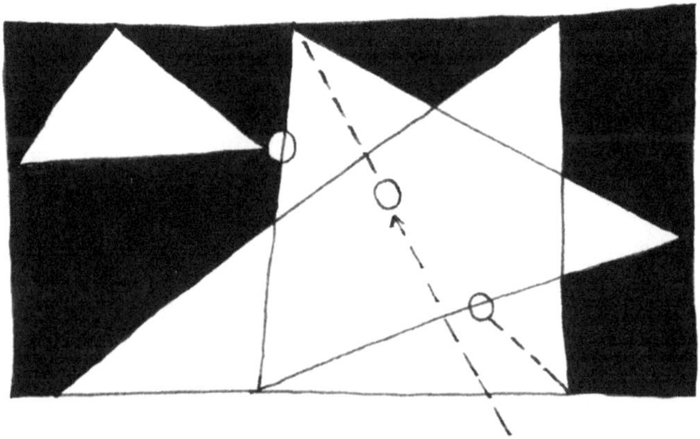

BEOBACHTUNGSBLATT IV

ORT: Parque de las Américas, Colonia Narvarte
DATUM: 1. Oktober 2003
LICHTVERSCHMUTZUNG (1–10): 10
OBJEKT: Sattelschlepper
ABMESSUNGEN: zwölf Meter
GRÖSSENORDNUNG: riesenhaft
KONSTELLATION: Blockade
ORTSZEIT: 10:00
AUSRÜSTUNG: keine

BEOBACHTUNG:

ANMERKUNGEN:
Er ist direkt am Parkrand abgestellt und versperrt mir die Sicht. In der Fahrerkabine schläft ein Mann, der jeden Morgen aussteigt und weggeht. Ich habe mir vorgenommen, in der Nacht mit dem Teleskop auf die Dachterrasse zu gehen, doch leider ist es jetzt immer bewölkt. Ich habe es schon versucht, konnte aber nichts sehen. Vielleicht sollte ich mir eine andere Beschäftigung suchen.

Eine kurze Geschichte der Zeit war mit Abstand das Beste, was ich in jenen Tagen gelesen habe (zumal meine Recherchen über die Zeit und die Jahresringe der Bäume kläglich gescheitert waren), auch weil diese Lektüre viel dazu beitrug, den Bunker besser zu verstehen (hat mein Bruder gesagt). Bei einem Besuch erzählte ich ihm, dass es oft acht Milliarden Jahre dauert, bis uns der letzte Schimmer eines lang gestorbenen Sterns erreicht.

Vero, das weiß jeder.

Daraufhin verriet ich ihm nicht mehr, was das wirklich Unglaubliche daran war: Dass die Vergangenheit offenbar nicht verschwindet, sondern irgendwo herumschwebt und sich immer wieder neu konfiguriert. Sie entspricht nicht unbedingt unseren Erinnerungen. Auch die Zeit ist nicht so linear, wie wir sie uns üblicherweise vorstellen, sondern ein Knäuel. Es ist sonderbar, dass Wissenschaftler eine so weit zurückliegende Zeit wie den Ursprung des Universums erforschen, sich auf der Erde aber nichts rückwärts abspielt. Für eine Reise in die Vergangenheit haben wir Teleskope und Bücher, vielleicht auch Bäume. Ansonsten aber gibt es kein Zurück, auch wenn man manchmal den Eindruck hat, dass man wieder ganz am Anfang steht, dass einen das Leben plötzlich wieder vor die furchteinflößende Lehrerin aus der dritten Klasse spuckt.

7. Oktober 1976

Marisa,

am liebsten würde ich dir in diesem Brief den Himmel und das Meer und die Nacht schicken. Ich kann dir aber nur Worte schicken, dir ein Treffen am 29. Oktober vorschlagen. Wäre dir das recht? Sag mir einfach, wann und wo. Es ist kein Problem, wenn du in Cuautla bist, ich komme zu dir. Selbst wenn wir uns nur für einen Augenblick in einem Park, einer Kirche oder wo auch immer sehen können. Ich verspreche auch, dich nicht zu sehr abzulenken. Es hat niemand etwas bemerkt. Schicke mir rasch eine Antwort, die Zeit drängt. Gruß und Kuss,

D.

Das ist die erste Nachricht von D., die ich rekonstruiert habe. Der Brief war auf blauem Papier geschrieben, weshalb es leicht war, die Stücke zu finden und zusammenzufügen.

Mein Bruder(B) arbeitet in seiner Freizeit an einer neuen Doku. Er sagt, es sei ein Spiel, ein Experiment. Er ist wie besessen von hohen Kontrasten, davon, wie Bilder ihre Konturen verlieren und abstrakt werden, wenn man sie so konvertiert, dass nur noch jeweils zwei Farbtöne übrigbleiben. Er macht Testläufe mit winzigen Detailausschnitten aus den Dokus, die er schon gedreht hat. Durch das starke Heranzoomen ist auf den Bildern nichts mehr zu erkennen, nur Flecken. Er hat anderen nie etwas davon gezeigt. Nicht mal mir. Er findet, es eilt nicht. Manchmal redet er aber mit mir über sowas. Er hat auch erzählt, dass er das Drehbuch dazu schreibt: Eine Stimme aus dem Off soll sich mit Geographie auseinandersetzen. Die hohen Kontraste sollen dabei so beschrieben werden, als hätte man Pläne von Pixelstädten und Byte-Inseln entdeckt, die im Speicher eines Computers verborgen waren.

22. Oktober

Liebe Verónica!
Bin hungrig, habe solche Lust auf grünen Pozole. Doch in den USA kriegt man nirgends grünen Pozole. Und in Mexiko kein General Tso's Chicken. Das ist auch lecker.

A.

Endlich!

Alonso(A) lag gerade auf der Couch
und schaute einen Film
als ich ankam

Ich(I) wollte schnell vergessen, welchen
weil es Schund war

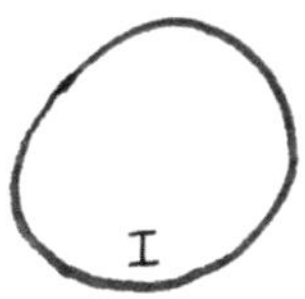

ein Stimmungskiller
das Bild in meinem Gedächtnis: wir nebeneinander
tote Hose

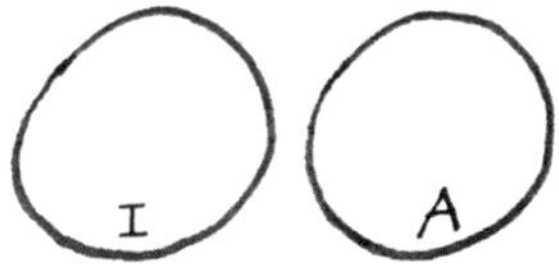

wir sahen uns an

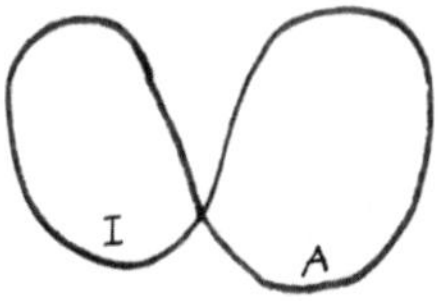

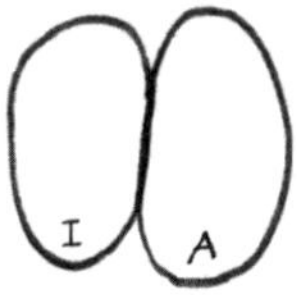

da kam ich näher

er küsste meinen Hals

und ich fühlte seinen Atem

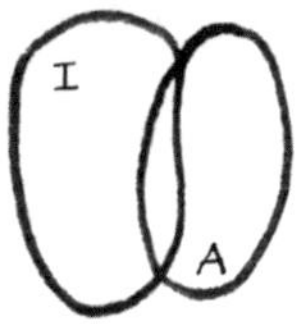

bekam Gänsehaut, kicherte

biss ihn in den Nacken

er kicherte auch

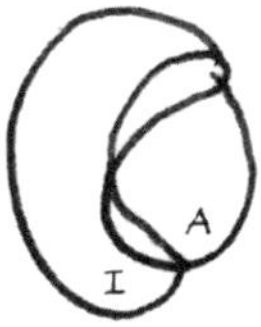

wir, ein Knäuel

fielen von der Couch

der Boden war kalt

brrrrrrrrrrrrrrrrrr

und ich schrie

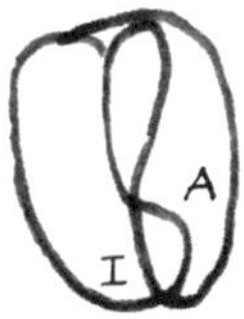

sprang auf

rannte ins Schlafzimmer

seine Augen über mir
sein Gewicht auf mir

seine Augen über mir
sein Gewicht

geht durch mich durch

wir beide
schließen kurz die Augen

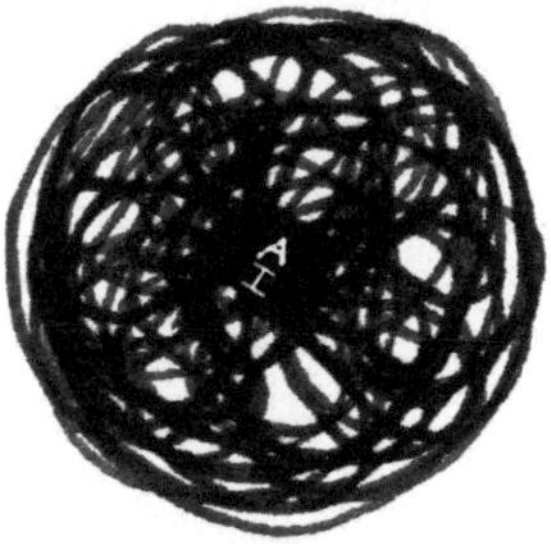

und die Zeit hört auf zu existieren

Weil ihm Poolbillard nicht gut genug war, brachte Tordo mir Karambol bei. Er fand es raffiniert, hielt es beinahe für eine Kunst. Ein Stoß, nur um eine Kugel in ein Loch zu versenken, ist zu simpel, sagte er, und unterschätzte dabei den Stoß. Ich(I) habe es noch im Ohr. Beim Karambol muss man bei jedem Stoß mit der Kugel eine Dreiecksform innerhalb eines Vierecks (des Tischs) beschreiben. Wenn es gelingt, werden auch die beiden anderen Kugeln getroffen. Eine Kugel stößt auf ihrem Weg noch zwei weitere an. Dreibandspiel. Reiner mathematischer Zufall. Das ist *inframince,* schloss er. Karambol war das zweite Zeichen dafür, dass bei uns etwas schieflief … und auch das habe ich nicht erkannt.

Er kam nicht. Nicht in die Abflughalle, nicht zum Boarding, nicht zu seinem Fensterplatz.

Alonso(A) kam nicht.

Ich(I) weinte nicht. Ich(I) wollte, konnte aber nicht.

Am liebsten hätte ich mich übergeben.

Sein Platz blieb als einziger im ganzen Flugzeug leer.

Ich(I) fror fürchterlich, weil die Stewardess mir nie eine Decke brachte.

1. TAG: Ankunft in El Calafate. Wir Exkursionsteilnehmer waren die einzigen Gäste in einem riesigen Hotel. Die Reiseführerin erzählte uns beim Besuch des Perito-Moreno-Gletschers, dass sich dieser über 17 000 Kilometer erstreckt und zum patagonischen Festlandeis gehört. Ich konnte nicht anders, ich fragte mich sofort, ob irgendwo in diesen gigantischen Eismassen auch Verschwundene verborgen sind, die eines Tages durch die Klimaerwärmung zum Vorschein kommen werden.

2. TAG: Upsala- und Onelli-Gletscher. Noch mehr Eis. Die Reiseführerin wirkte beflügelt und sprach über die sogenannten ›Zeugen aus Eis‹, über Bohrkerne. Die zylindrischen Proben (von einer Eisbohrung) sind mehrere Kilometer lang. An ihnen lässt sich ablesen, welche Schneeschichten in den verschiedenen Jahreszeiten jeweils hinzugekommen sind – eine Art Eis-Archäologie. Ich hätte gerne gefragt, ob das so ähnlich funktioniert wie bei den Jahresringen der Bäume, aber meine Mandelentzündung hielt mich davon ab.

3. TAG: Ushuaia. Vom Flugzeug aus betrachtet wirkt das patagonische Eis wie eine bläuliche Wüste: Dünen aus gefrorenem Wasser. Wir erreichten Ushuaia am späten Nachmittag.

Hier herrscht eine feuchte Kälte, die einem in die Knochen kriecht. Ich glaube, ich hatte die ganze Nacht Fieber, weil ich ganz verschwitzt aufgewacht bin.

4. TAG: Ich zog ohne die Gruppe los (fuhr also nicht mit in den Tierra-del-Fuego-Nationalpark) und begab mich auf die Suche nach einem Internetcafé.

Keine einzige Nachricht von Alonso. Na toll.

Die Stadt hat ein seltsam holländisch anmutendes, fast schon kitschiges Flair. Ich bestellte in einem Restaurant Mamas Lieblingsgetränk: Submarino (eine Tasse heiße Milch, in der ein Schokoladenriegel aufgelöst wird). Dann kehrte ich ins Hotel zurück und legte mich für den Rest des Tages ins Bett.

5. TAG: Fin del Mundo. Die Reiseleiterin schlug aus Mitleid mit mir vor, an einer Apotheke zu halten, die aber leider nicht geöffnet war. Bevor wir an Bord gingen, zeigte sie auf ein großes Schild am Ufer, auf dem ›USHUAIA. FIN DEL MUNDO‹ stand. Alle wollten sich vor dem ›Ende der Welt‹ fotografieren lassen. Nur ich nicht, aber ich bot mich als Fotografin an.

Aus irgendeinem Grund rechnete ich damit, mehr zu verstehen, sobald ich diese Grenze überschritten hätte. Dann stellte sich aber heraus, dass der berühmte ›Leuchtturm am Ende der Welt‹ gar nicht der Leuchtturm am Ende der Welt war. Das Boot bringt einen zum Leuchtturm ›Les Éclaireurs‹ (›Die Entdecker‹), der viel näher ist, und den sie trotzdem den ›Leuchtturm am Ende der Welt‹ nennen. Erst, wenn das Boot neben der kleinen Insel stehenbleibt, sieht man, dass es sich um den Leuchtturm ›Die Entdecker‹ handelt. Der echte ›Leuchtturm am Ende der Welt‹ heißt ›Faro de San Juan de Salvamento‹, aber dorthin fährt kein Touristenboot, weil es ein Marinestützpunkt des argentinischen Militärs ist. In Wahrheit gibt es gar keinen ›Leuchtturm am Ende der Welt‹, das ist bloß der Titel eines Romans von Jules Verne, wie die Reiseleiterin zu berichten wusste. So eine Frechheit! Und das Armseligste ist, dass das Boot am sogenannten Ende der Welt einfach einen U-Turn macht und wieder zurückfährt.

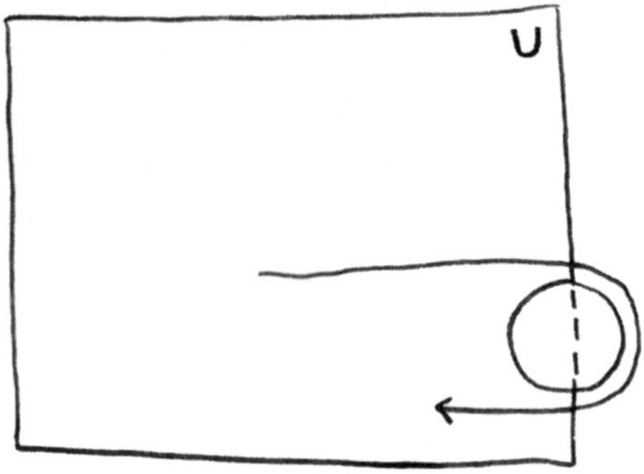

Ich dachte, dass dieses ›Ende‹ meine Rettung sein könnte. Ich wollte dort einen Anker werfen. Aber irgendwie ist es immer so, dass man wieder zurück an den Anfang kommt, an einen Anfang.

Ich(I) stoße auf unser Familienalbum. Es liegt jetzt auf dem Schreibtisch im Arbeitszimmer. Manchmal habe ich den Eindruck, dass mir eine Sache, die im Bunker einfach nicht bleibt, wo sie ist, damit etwas sagen will. Also setze ich mich hin und blättere das Album durch, auch wenn ich die Fotos schon auswendig kenne; ich habe hier Millionen Male nach Hinweisen gesucht. Auf den letzten Seiten finde ich Fotos, die das letzte Mal noch nicht da waren ... Dann bemerke ich, dass es jene Fotos sind, die ich aus Marisas Zimmer mitgenommen habe. Ich(I) will gar nicht wissen, wie sie hier gelandet sind, möchte aber die Botschaft entschlüsseln, sonst ende ich eines Tages auch so: als Loch, das jemand irgendwo herausgeschnitten hat.

Es ist seltsam, sich mit einem Ort verbunden zu fühlen, an den man nicht gehört. Eine Straße wiederzuerkennen, in der man nicht aufgewachsen ist. In einem Haus zu schlafen, zu essen, zu duschen, das eigentlich in der Nähe deines eigenen Hauses hätte liegen sollen. Durch ein Viertel zu spazieren, in dem man nie gespielt hat. Sich mit Leuten zu unterhalten, die man nie kennengelernt hat. Ein Loch zu finden, das der eigenen Größe genau entspricht, es aber nicht ausfüllen zu können. Mein Bruder(B) war an diesem Morgen direkt nach Córdoba geflogen. Omas(O) Haus hat sich nicht verändert, warnte er mich vor, als er die Tür aufmachte. Es ist nur alles älter geworden, sie auch. Verstaubter.

Es ist erschütternd, wie ähnlich es dem Bunker ist, fährt er fort, während ich den Koffer auspacke. Wie eine Dependance am Südkegel, schiebt er nach.

Spinnen und ganze Ameisenkolonien sind an den nackten Zementwänden im Bad kleben geblieben, die nie gefliest worden sind. In einer Ecke des Esszimmers steht ein riesiger Pappkarton. Darin ist die neue Waschmaschine geliefert worden (die wir ihr bei unserem letzten Besuch gekauft haben). Jetzt sammelt sich darin unnützer Kram an. Wenn etwas nicht mehr zu gebrauchen ist, oder wenn Oma nicht weiß, wo sie es hinräumen soll, legt sie es in diesen Karton. Alle Wände sind gelblich gefleckt von Feuchtigkeit. Die Schuhsohlen kleben auf dem Asbestboden fest. Ein alter Kühlschrank in der Garage dient jetzt als Aktenschrank und enthält sämtliche Papiere meines Opas. Er ist gestorben, als ich zwölf war. Unerwartet. Mama(M) konnte sich nicht mehr von ihm verabschieden. Sie hat ihn nicht mal gesehen, bevor er beerdigt wurde. Alles hier riecht nach dem Ammoniak der Katzenpisse. Drei Katzen leben hier: Mishina, Perlita und Alelí. Und noch sieben, acht weitere kommen und gehen; sie betreten nie das Haus, aber im Hof steht immer Futter für sie bereit. Omas(O) Haus ist für immer unfertig, so wie alles in meinem Leben.

Meine Oma(O) ist hypochondrisch und zerstreut. Ich(I) schlafe bei ihr. Ihr Bett quietscht. Am frühen Morgen höre ich sie mehrmals aufstehen und aufs Klo gehen. Immer dann, wenn sie – extrem laut – schnarcht, habe ich das Gefühl, dass das hölzerne Bettgestell fast zusammenbricht. Sie hält auch einen Mittagsschlaf. Und der wird länger und länger. Eigentlich schläft sie die ganze Zeit. Wenn sie jeden Tag zehn Sekunden länger schläft, überlege ich mir, wird sie eines schönen Tages nicht mehr aufwachen. Ich(I) kann nicht schlafen, wenn draußen die Sonne scheint, es jagt mir Angst ein. Mein Bruder(B) schläft in Mamas altem Zimmer. Er sagt, auf ihrer Matratze könne man unmöglich schlafen, man gehe darin unter. Wenn sie wach ist, dreht sich Oma im Kreis. Die Stunden verrinnen, ohne dass sie es merkt. Plötzlich ist es zu spät für ihren Strickkurs, und sie bleibt zu Hause. Oder dafür, sich die Haare färben zu lassen, dann verschiebt sie es. Sie gibt nichts auf, sagt mein Bruder, sie weicht eher aus. Dafür gibt es viele Synonyme: *umgehen … vermeiden, wegsehen, sich davonstehlen … flüchten, sich entziehen, seine Konturen verlieren …* Verschwinden, sage ich mit einer rauen Stimme, die mir selbst unbekannt ist. Verschwinden, spricht mein Bruder mir nach.

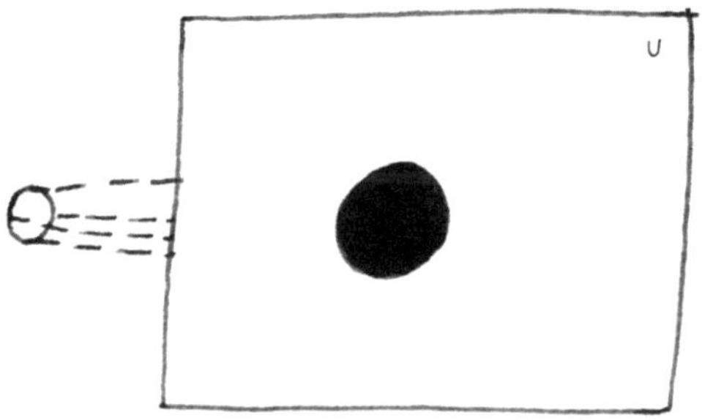

30. Dezember

Solona,
der Turmleucht am Deen der Welt ist ein Delschwin …

V.

›Herumwirbelnder Staub‹. Dafür steht D. laut der Bedienungsanleitung für das Teleskop. Ich(I) glaube nicht, dass ihm das bewusst war, als er beschloss, seine Briefe so zu unterschreiben. Am Ende hat er sich dennoch verflüchtigt.

Bei uns gabs immer Spiegelei von vier Eiern, nimmt Oma endlich den Faden wieder auf. Zwei für mich und zwei für deinen Opa. Deine Mama(M) bekam ihre zwei hartgekochten Eier. Ein halbes Dutzend Eier bei jedem Frühstück. Wir haben sie aber sehr günstig bei einer Nachbarin bekommen, die im Hof Hühner gehalten hat. Heutzutage muss man alles im Supermarkt kaufen, es hält ja niemand mehr Hühner zu Hause. Ich gehe in einen kleinen Laden gleich hier um die Ecke; es gibt ja auch riesige Supermärkte, wo es günstiger ist, ich weiß aber nicht, wie ich da hinkommen soll, ein Taxi wäre zu teuer, also gehe ich einfach zu dem hier in der Nähe; jetzt bedient dort ein anderer junger Mann, der ist nicht ganz so tüchtig ... Während sie mir das erzählt, schüttet Oma literweise Chuker in ihren Matetee, diesen scheußlich schmeckenden flüssigen Süßstoff.

Noch ein Albtraum: Alonso(A) schickt mir eine E-Mail. Ich(I) kann sie nicht lesen. Sie ist in einer feigen, kryptischen Sprache verfasst. Als ich aufwache, versuche ich mich noch zu erinnern, was da stand, aber es spielt keine Rolle mehr.

Die Bäume in Opas Garten sind verdorrt. Wenn wir früher zu Besuch waren, haben wir Pflaumen und Pfirsiche genascht. Zur Essenszeit bin ich immer hinausgegangen und habe eine Zitrone vom Boden aufgelesen, um den Salat damit anzumachen. Am Grab meines Opas war ich nur ein Mal. Das Licht in der Küche hat einen Wackelkontakt – meinen Bruder macht das verrückt – aber niemand kümmert sich darum. Es ist ein flaches Grab. Die Batterien in der Fernbedienung für den Fernseher waren schon leer, als wir das letzte Mal hier waren. Mein Bruder(B) und ich wollten zwar neue kaufen gehen, haben es dann aber nicht getan … Auf dem Grab liegt eine kleine Plakette mit seinem Namen und im Boden gibt es ein Loch, in das man Blumen stellen kann. Wann waren wir zuletzt hier in Argentinien? 1993, sagt mein Bruder. Und welches Jahr haben wir jetzt? 2003.

Ich(I) denke mir etwas aus, um aus dieser Geschichte heil wieder rauszukommen:

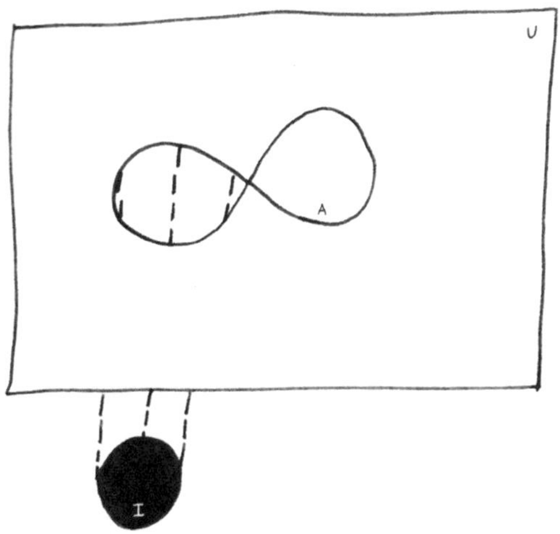

Sie sieht ja genauso aus wie Coty! flüstern Omas Freundinnen sich im Kulturzentrum des Viertels zu. Oma(O) hat es geschafft, rechtzeitig fertig zu sein, deshalb besuchen wir jetzt alle drei eine Volkstanzaufführung. Coty ist meine Mama. Man spricht das Ypsilon lang aus: ›Co-tyyy‹. Ich habe nie nachgefragt, warum sie sie Coty nennen. Keine Ahnung, ob sie wissen, dass das eine Parfummarke ist. Für sie ist mein Anblick ein Ersatz für Mama, die sie vermissen. Sie, auch meine Oma, sehen nicht mich, sondern Coty. Eine verschworene Gemeinschaft, die zufrieden Leerstellen füllt. In meinem Bruder sehen sie Opa. Es findet eine Art zeitliche Überlagerung statt. Wir sind die Vergangenheit. Sie haben sich nicht verändert. Und Parfums verdunsten irgendwann. Ich(I) glaube, wir alle haben im Leben nicht nur eine Rolle; ich erkenne mich in mehreren wieder, schaffe es aber nicht, die Rolle zu ergattern, die ich spielen möchte.

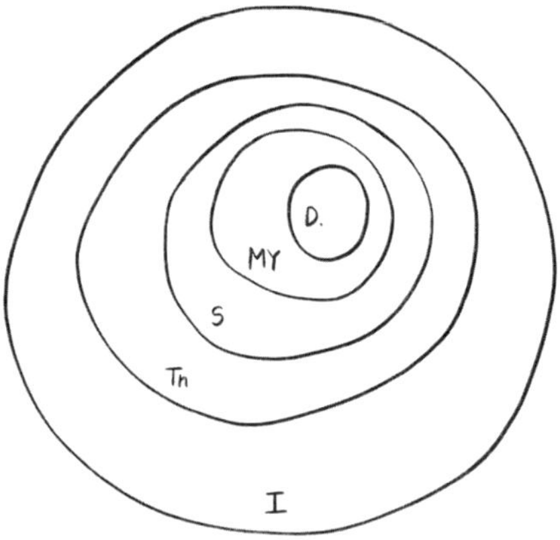
D.
MY
S
Tn
I

Ich(I) schaute durch Marisas Teleskop. Es stand im Bad, wo wenig Platz war. Alonso wollte auch einmal durchschauen. Danach sah er mich fragend an. Er fand es wohl seltsam, dass das Teleskop die Risse und Flecken an der Wand zeigte, aber ich hatte angenommen, dass seine Mutter es aus einem bestimmten Grund hierher gestellt hatte, und ich wollte herausfinden, warum. Das war unsere erste Begegnung.

Als Kind wollte ich Astronautin oder wenigstens Astronomin werden, sagte ich zu ihm, aber dann habe ich Kunst studiert, weil ich von Physik nichts verstehe. Studierst du nicht auch etwas anderes als das, wovon du als Kind geträumt hast? An diesem Punkt hielt ich inne.

Warum ich mich ausgerechnet mit diesen Worten vorgestellt habe? Keine Ahnung.

Schließlich zuckte ich mit den Schultern, von mir selbst enttäuscht, weil meine Frage natürlich unpassend gewesen war. Ich hätte so beginnen sollen: ›Hallo, ich bin Verónica.‹ Oder so ähnlich. Andererseits war ja er unerwartet im Bad aufgetaucht; also hätte er anfangen sollen: ›Hallo, ich bin Alonso, bist du Verónica?‹ Damit hätte er sich aber lächerlich gemacht, weil ja auf der Hand lag, dass er er war und die, die da auf dem Badewannenrand saß und durchs Teleskop schaute, ich.

Am seltsamsten war es im Bunker, wenn alles still war. Absolute Ruhe war meist der Vorbote einer Katastrophe.

Die Treppe, die mein Opa im Wohnzimmer gebaut hat, führt nirgendwo hin. Man kann sie nicht mal hochgehen, weil Oma ein wuchtiges Möbelstück davorgestellt hat, um ja keinen Platz zu verschwenden. Mir läuft es kalt über den Rücken, wenn ich dort vorbeigehe. Oben hätte es noch ein Stockwerk geben sollen. Mein Bruder(B) und ich hätten nicht nur in der Nähe leben sollen, sondern gleich hier, im oberen Stock. Mama(M) ist aber fortgegangen. Meine Oma(O) sagt, dass mein Opa sie noch aufhalten wollte, es aber nicht geschafft hat; Mama und Papa haben am 24. März 1976 das Flugzeug bestiegen. Wir haben nie in diesem Haus gelebt, das dann nie fertiggebaut wurde und nie einen oberen Stock bekam. Nie, nie, nie. Dreimal nie. Die Treppe am Ende der Welt, dachte ich, ja, hier ist sie.

Was ist ein Tordo?

Ein Stadtvogel, der wie eine Ratte mit Flügeln aussieht.

Und warum nennen dich alle so?

...

Willst du es mir nicht erzählen?

Es ist ziemlich blöd ...

Sind das nicht alle Spitznamen?

Also ... na ja, ich hatte schon mit zwölf melierte Haare.

Du meinst, so grau wie jetzt?

Jetzt ist es ausgeglichener, früher war es schwarz-weiß und sah seltsam aus.

Du warst ein Junge mit weißen Haaren! Hast du deshalb keine Kinderfotos?

Ich habe schon welche.

Wirst du sie mir irgendwann mal zeigen?

Am Fußende meines Bettes tauchte plötzlich ein Knäuel rostiger Kabel auf, von dem eine erdige Spur zum Fenster führte. Vermutlich hatte Nuar es von draußen gebracht. Einen Tag später legte sie mir ein ölverschmiertes rotes Tuch hin. Hinweise, die ich einfach nicht entschlüsseln kann. Am dritten Tag einen zerrissenen Haargummi. Am vierten ein trockenes Zweiglein. Am fünften einen schwarzen Schmetterlingsflügel. Am sechsten Tag nichts. Am siebten – einen toten Vogel.

Im Haus meiner Oma ist alles in der Schwebe und die Zeit steht still. Es steckt ebenfalls in dem Augenblick fest, als meine Großeltern Mama zum letzten Mal gesehen haben. Das Häuschen in Córdoba und der Bunker: zwei Spiegel, einander gegenüber. Das Spiegelbild pflanzt sich unendlich darin fort. Und die Unendlichkeit ist eine ewig leer bleibende Menge.

Wie lüftet man ein Geheimnis?

31. Dezember

Solona,
die
Belie
weistbe
uns
stets
die
Tätrilakuzir
der
Welt,

V.

BEOBACHTUNGSBLATT II

ORT: unbekannt
DATUM: 10. Januar 2004
LICHTVERSCHMUTZUNG (1–10): 0
OBJEKT: unbekannt
GRÖSSENORDNUNG: unbekannt
ORTSZEIT: 23:00
AUSRÜSTUNG: Teleskop

BEOBACHTUNG:

ANMERKUNGEN:
Bei der abgebildeten Beobachtung handelt es sich um ein Neutrino. Ein Neutrino ist ein subatomares Teilchen (von geringerer Masse als ein Elektron) ohne Ladung und ohne Spin, das Materie meist ungehindert durchdringen kann. Man könnte auch sagen, ein Geisterteilchen.

Keine Antwort. Ich(I) klingelte nochmals. Genauer gesagt, noch mehrmals. Dann bildete ich mir ein, einen Schatten hinter dem Vorhang zu erkennen, aber es kam niemand. Ich(I) saß fast zwei Stunden lang vor der Tür und wartete. Nichts. Am nächsten Tag kam ich wieder. Am Fenster von Alonsos Zimmer hing ein Schild: ZU VERKAUFEN.

Mama(M) ist vielleicht eine Zeugin aus Eis.
    Oder ein Baum.
    Bäume bleiben, wo sie sind.

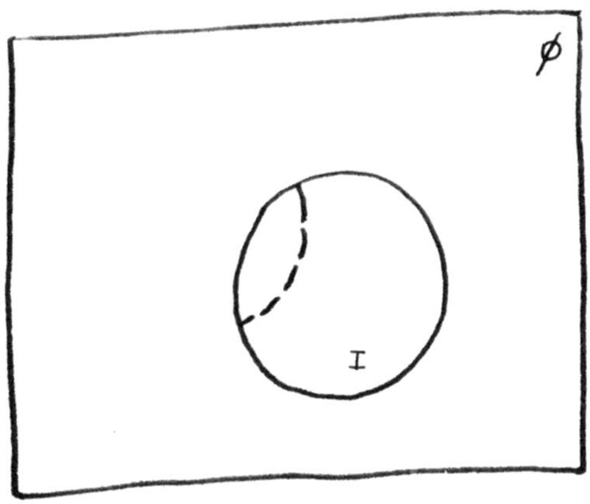
ø
I

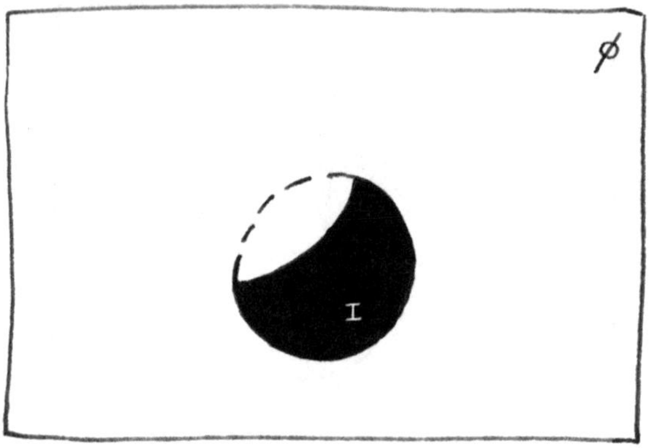
ø
I

Argentinien ist weit weg, mal wieder.

Kaum haben wir unsere Koffer im Flur des Bunkers abgestellt, hören wir ein Geräusch aus der Küche.

Mein Bruder(B) und ich ziehen beide scharf die Luft ein.

Ich(I) schleiche hin und gebe ihm ein Zeichen, dass er kommen soll.

Wir schauen uns an.

Verbündete.

Skeptiker.

Es ist das Geräusch von Schaufel und Besen.

Mama?

Sie kehrt eine zerbrochene Kaffeetasse zusammen.

Auf einer Scherbe steht:

STILL

Was auf den anderen Stücken steht, ist nicht zu entziffern.

Und wenn es weder anfängt noch endet, was dann?

U
M

13. Januar

Mein berlie Solona,
bumm!

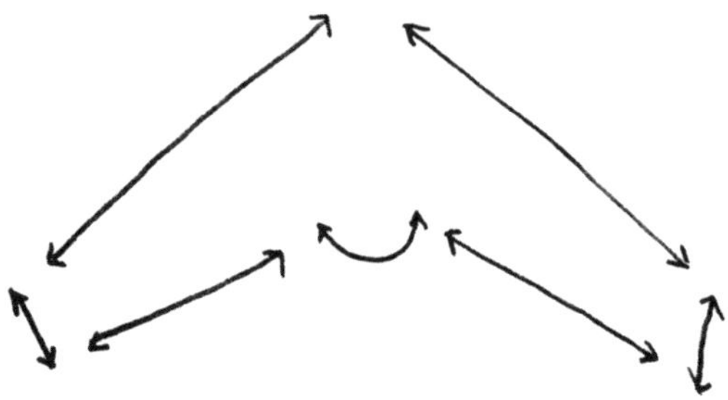

NACHWORT

Ich blättere durch meine Notizen auf der Suche nach der Verónica, die *Leere Menge* geschrieben hat. Und fürchte mich davor, sie zu finden und zur Salzsäule zu werden. Ich versuche es mit Ausweichmanövern und Fluchtstrategien, aber meine Neugier siegt über Angst und Traurigkeit, und ich stürze mich in die Nachforschungen.

Die älteste Spur ist auf den 5. Dezember 2005 datiert:

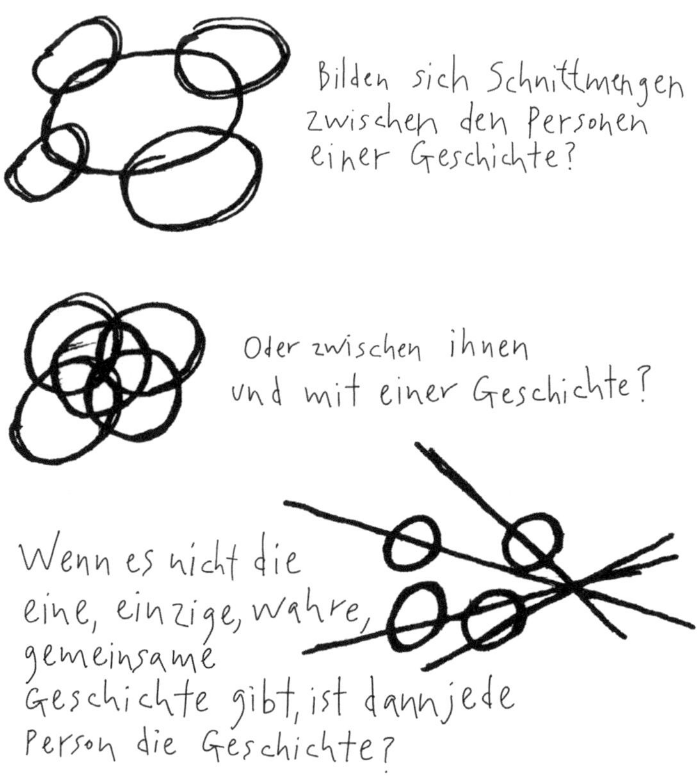

Dies notierte ich im Zuge der Recherchen für das Projekt *Todas las cosas suceden simultáneamente* [Alles geschieht gleichzeitig], das später unter dem Titel *Homesick* (2007) ausgestellt wurde. Es war gewissermaßen mein erster Versuch, *Leere Menge* zu schreiben. Eine selbstreferenzielle Aufgabenstellung mit einem einfachen Ausgangspunkt: ›Ende Oktober 2004 musste ich unerwartet mein damaliges Zuhause verlassen.‹ Entstanden ist eine Art Logbuch, in dem ich ein Jahr lang obsessiv meinen Alltag festhielt. Mit Fotos, E-Mails und Plänen versuchte ich, ›die Koordinaten eines möglichen Ortes auszumachen‹. Unter ›Plänen‹ verstehe ich geometrische Figuren, die schematisch die Beziehungen und Spannungsverhältnisse zwischen den Personen und Gegenständen auf den Fotos abbilden. Das sieht in etwa so aus:

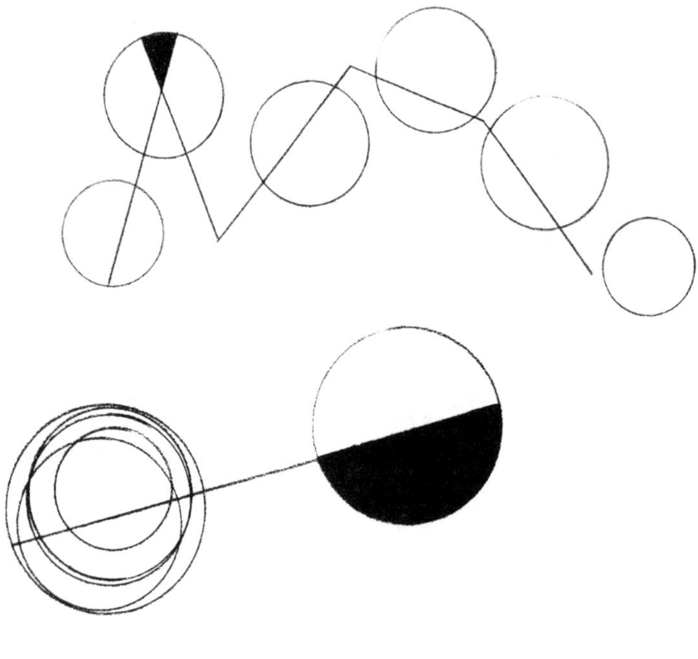

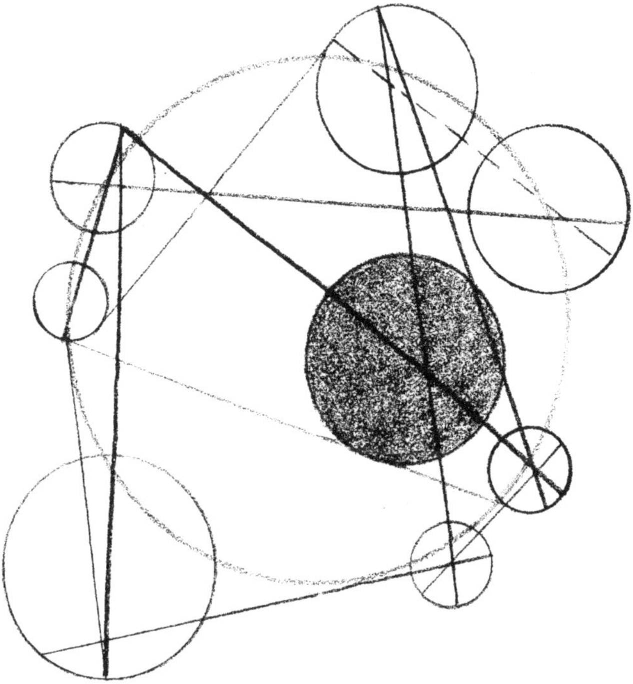

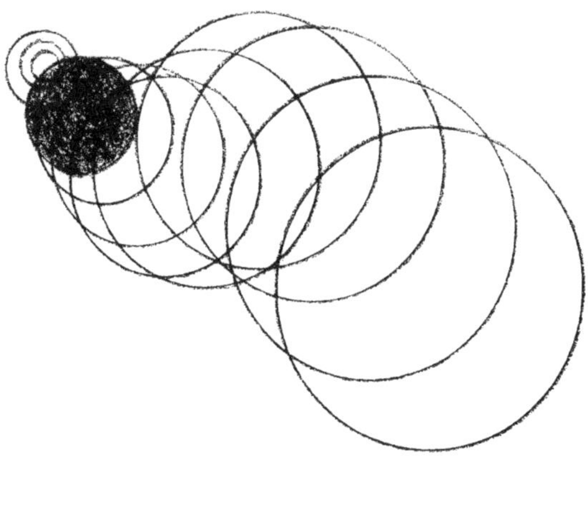

Im selben Notizheft, also dem von 2005, steht auch, dass ich damals gerade *Mountolive* las, den dritten Band von Lawrence Durrells *Das Alexandria-Quartett.* Seitdem hatte ich diese Bücher nicht mehr aufgeschlagen. Meine Mutter hat sie gelesen, mein Vater (zumindest die ersten zwei Bände, nach den unterstrichenen Passagen zu schließen) und auch mein Bruder. Ich war die letzte, die sich daran wagte. Und ich tat es damals in der Erwartung, dass sich dort des Rätsels Lösung verbarg, ich dort etwas über die Unbekannten in meiner Familiengeschichte herausfinden könnte. Etwas, das ein für alle Mal erklärte, was verdammt noch mal passiert war. Mein Bruder und ich zogen die Lektüre in die Länge und schafften es 2011 sogar ins echte Alexandria. Wir wussten, dass Mama schon immer dorthin reisen wollte, obwohl ich sie nie gefragt hatte, was sie dort zu finden hoffte.

Tatsächlich fand ich keine Lösung, weder damals noch später beim Schreiben von *Leere Menge,* und auch nicht durch diesen Text, der alles noch einmal von hinten aufrollt. Aber durch das Experimentieren mit Autofiktion fand ich heraus, dass als einzig möglicher Weg bleibt, Fragen auszugraben. Meist zimmert sich jede:r selbst die Antworten zusammen, aber mit Fragen lässt sich, wie ich finde, ein gemeinsamer Raum schaffen, ein dauerhafter Zustand der Unschlüssigkeit, für alle. Darum habe ich dieses Buch für meinen Bruder geschrieben. Und jetzt stehe ich (wieder) vor dem Bücherregal, um die Durrell-Ausgabe herauszunehmen, und frage mich, wie eigentlich alles angefangen hat.

Alle vier Bände von *Das Alexandria-Quartett* hatten ursprünglich eine Vorbemerkung. Ich lese noch einmal die wichtigste, die aus *Balthazar,* dem zweiten Band, und erinnere mich an mein ehrfürchtiges Staunen. Da ist sie, meine archäologische Stätte. Ein kurzer Text, der in sich das Material, die Struktur sowie eine rudimentäre Navigationshilfe vereint, so kommt es mir heute zumindest vor. Eine Gebrauchsanweisung, der ich nicht auf Punkt und Komma gefolgt bin, die ich aber als Raster verwende, um mein Nachwort zu dechiffrieren:

Die Gestalten und Situationen dieses Romans [...]
sind frei erfunden, ebenso wie die Person des Erzählers.
Die Stadt hingegen könnte realer nicht sein.

Die Gestalten und Situationen in diesem Artefakt sind nicht frei erfunden (ebenso wenig wie die Erzählerin), sondern ›zu tausend Prozent autobiografisch‹. Das heißt, es sind ›hundert Prozent Autobiografie plus neunhundert Prozent Hinzugefügtes‹ darin enthalten, wie es der Schriftsteller und Psychoanalytiker Serge André so treffend über seinen Roman *Flac* sagte. Die Wohnung(W), jener Bunker, der sich der Welt versperrt, für verschiedene Paralleluniversen(U) aber offen ist, könnte realer oder weniger irreal nicht sein. Ich habe folgende Skizze in einem Notizheft aus dem Jahr 2015 gefunden, als *Leere Menge* schon veröffentlicht war, die genau das zeigt:

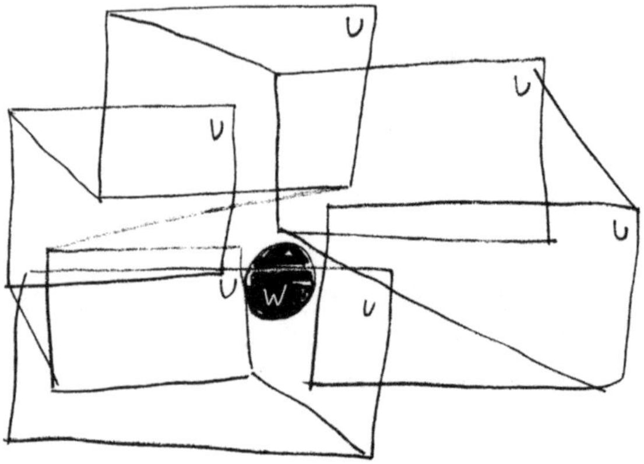

Ich habe die Wissenschaft zu Hilfe genommen und versucht, einen vierstöckigen Roman zu schreiben, dessen Form auf der Relativitätstheorie beruht.

›Ich möchte einen Roman(?) schreiben, dem die Worte ausgehen‹, lese ich in der Beschreibung meines Vorhabens, das ich unter dem Titel *Diagrama* [Diagramm] 2012 beim Nachwuchsstipendium für Künstler des FONCA und 2013 beim Literaturpreis Aura Estrada eingereicht habe. ›Dabei soll die geschriebene Sprache mit fortschreitender Handlung mehr und mehr zerfallen. Zunächst auf einfache Weise: immer kürzere Absätze, immer kompaktere Kapitel; später: durch den Einsatz von unlesbaren Schriften, Dysgraphien, erfundenen Sprachen.‹ Da es in der Literatur schwierig ist, sich der hegemonialen Macht des geschriebenen Wortes zu entziehen, habe ich die bildende Kunst und die Wissenschaft zu Hilfe genommen und versucht, eine Reihe von zusammenhängenden Passagen zu schreiben, die formal auf Diagrammen basieren. Die folgende

Skizze, auf Mai 2018 datiert, ebenfalls also lange nach der Publikation von *Leere Menge* entstanden, zeigt meinen ersten Versuch, die Stellung des Diagramms in Hinblick auf die Beziehungen zwischen Bildern(B) und Wörtern(W) visuell zu erfassen. Das Diagramm ist der Punkt genau in der Mitte der Schnittfläche der beiden Universen. Es stellt also eine komplementäre und gleichrangige Beziehung zwischen beiden her:

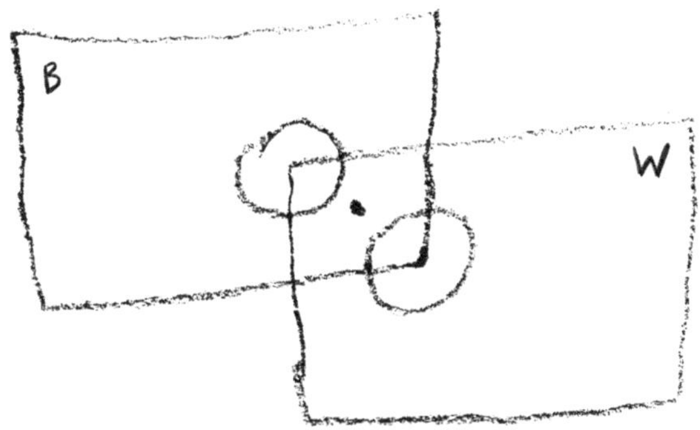

Drei Raumebenen und eine Zeitebene bilden das Mischrezept für ein Kontinuum.

›Ich(I) würde gerne‹, sagt Verónica, die Erzählerin von *Leere Menge,* ›eine Wissenschaft erfinden, die sich damit beschäftigt, auf welche Weise bei Sperrholzplatten die Zeit durcheinandergewirbelt wird. Es wäre nützlich, den Augenblick, in dem bestimmte Dinge geschehen, woandershin schieben zu können, damit er nicht bleibt, wo er ist. Zum Beispiel das Ende an den Anfang (oder an irgendeinen anderen Ort)‹. Ich führe das hier an, weil es mir erst ausgehend von dieser elaborierten, inexistenten ›Wissenschaft‹ gelungen ist, die Erzählung anhand der vier Dimensionen an- bzw. umzuordnen, die für sie wichtig sind: der auf einer Buchseite bzw. im Artefakt Buch enthaltene Raum; die durcheinandergewirbelte Zeit auf einer Sperrholzplatte, wenn man ihre Maserung liest; die Wörter, die einer anderen verbalen Logik zu folgen versuchen; und Diagramme, die fiktiv auf der Mengenlehre basieren, aber über sich und erst recht über das Ich hinausweisen möchten. Diese vier Dimensionen entfalten sich entlang eines zentralen, aber nicht greifbaren Elements: der leeren Menge. Da kein wirklicher Unterschied zwischen den drei Koordinaten des Raums und der der Zeit besteht, die zusammen ein Kontinuum bilden, und es auch kein einfaches Rezept gibt, um die Zeit zurückzudrehen oder die Sprache an ihre Grenzen zu bringen, wollte ich, mithilfe einer solchen imaginären, diskontinuierlichen Raum-Zeit-Struktur beim Lesen eine kognitive Dissonanz hervorrufen. In einem Notizheft von 2011 bin ich auf eine Matheaufgabe gestoßen, die ich notiert hatte, um diese Zusammenhänge zu visualisieren:

Gegeben sind vier beliebige Punkte in einer Ebene. Wie kannst du feststellen, ob alle auf einem Kreis liegen?

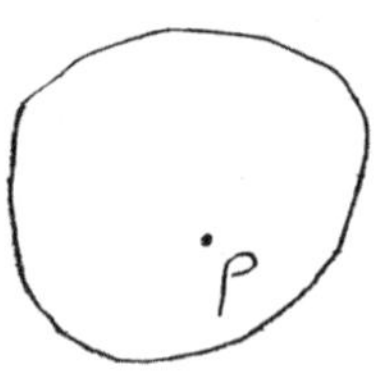

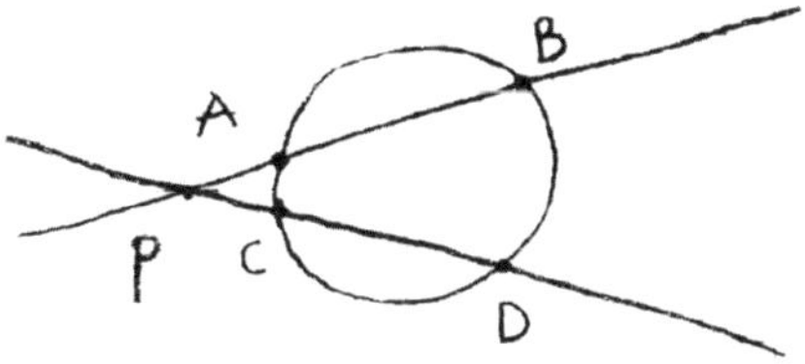

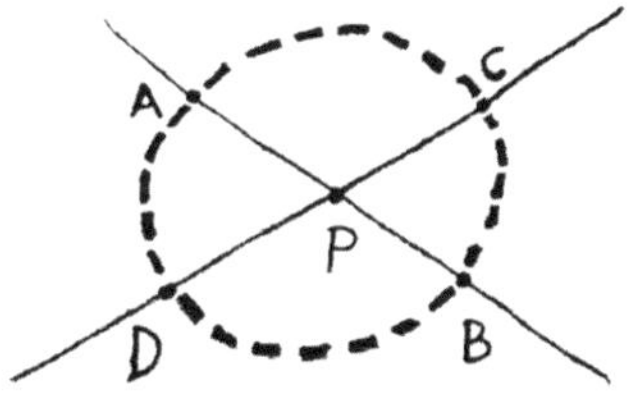

(Dabei sind die folgenden Gleichungen zu berücksichtigen: Kreis = Leere Menge, P = Passage oder Person und A, B, C, D die vier oben erwähnten Dimensionen: A = Raum auf der Buchseite, B = diskontinuierliche Zeit, C = Text an seiner Grenze und D = Diagramme.)

Die Zeit steht.

Dementsprechend spielt die gesamte Handlung des Buchs während eines einzigen, flüchtigen Moments: zwischen dem Augenblick, in dem Mama(M) die Kaffeetasse aus der Hand rutscht und dem, in dem die Scherben auf dem Boden liegen. Die einzelnen miteinander verflochtenen Passagen(P) schieben sich dort hinein und kommen sich in die Quere, während sie gleichzeitig versuchen, die Regeln aufzuheben, die unser Zeiterleben bestimmen. Jedoch können sie sich der Entropie (dem Fall und dem darauf folgenden Bruch) nicht entziehen, auf die alles im Universum zusteuert.

Die Subjekt-Objekt-Beziehung ist für die Relativität so wesentlich, daß ich versucht habe, den Roman sowohl in subjektiver wie in objektiver Form zu halten.

Wer mit der Raum-Zeit experimentiert, muss auch die Subjekt-Objekt-Beziehungen berücksichtigen. Daher wohl meine unbewusste Entscheidung an einem Punkt im kreativen Prozess, die Grafiken an Venn-Diagramme anzulehnen. Die Figur Verónica beispielsweise ist eine allwissende Erzählerin, erscheint aber auch in der Form eines Kreises: ich(I). In ihrer doppelten Funktion als Erzählerin und Bild (als Subjekt und Objekt), kann sie jede:r sein, die:der sich ›ich‹ nennen kann. Das Ich symbolisiert alle Namen, bleibt dabei aber immer noch Verónica. Und auch wenn diese Verónica eine Andere ist, hört sie nicht auf, ich selbst zu sein. ›In der Geometrie ist die Wahrheit einfach‹, hat Juan Pablo Anaya mal zu mir gesagt, als wir verschiedene Entwürfe dieses Romans gemeinsam mit Guillermo Espinosa Estrada in langen und unvergesslichen Workshopsitzungen diskutierten.

Das zentrale Thema des Buchs ist eine Untersuchung über die moderne Liebe.

Das zentrale Thema dieses Artefakts ist eine Untersuchung über das zeitgenössische Entlieben. Das Wort Liebe bezieht sich in der allgemeinen Vorstellung noch immer vorwiegend auf die Idee des Paares, als würde sich darin wie in einem Brennglas die Gesamtheit dieses so alten und komplexen Konzepts zeigen. Wir wissen aber, dass die Liebe (so wie ihre Gegenspieler) – das, was wie ein Gemeinplatz, eine Banalität klingt, wie eine Frage, die überwunden ist – sich durch sämtliche Beziehungen zieht, die wir eingehen und von denen wir umgeben sind. Sieben Jahre sind vergangen, seit ich *Leere Menge* geschrieben habe, eine kurze Zeit, um alles, was darin geschieht, zu durchschauen. Ich meine aber, dass im Kern eine tiefe Ernüchterung das Buch durchzieht: sich von den Strukturen zu entlieben. Die Figur der Mutter, die des Vaters, die Institution Familie im Allgemeinen, die romantische Liebe, wissenschaftliche, literarische und künstlerische Konventionen, geopolitische Grenzen und die Gewalt autoritärer Systeme rufen ein Gefühl tiefer Enttäuschung in jener Figur hervor, die auf ihrer Suche nach Empathie versucht, eine beliebige Person zu sein, also: ich(I). Dieses Entlieben ist ein Zustand der Wachheit, unsere einzige Möglichkeit, in der Gegenwart zu leben, die sichere Überzeugung, dass die Welt, die wir geschaffen haben und die uns geschaffen hat, nicht mehr funktioniert oder noch nie funktioniert hat – kurz gesagt: die permanente Traurigkeit, weil wir wissen, dass innerhalb dieser Strukturen jede:r spurlos verschwinden kann.

Herausfinden, ob wir nicht eine morphologische Form entdecken können, die – für unsere Zeit – als wirklich ›klassisch‹ gelten kann. Selbst wenn das Ergebnis sich als eine science-fiction im eigentlichen Sinne erweisen sollte.

Mir ging es nicht darum, eine Form zu entdecken, die als wirklich klassisch gelten könnte, im Gegenteil. Ich wollte ein Werk schaffen, das in der Lage wäre, den Widerspruch gegen die traditionellen Regeln, die bestimmen, was ein Buch oder ein bildendes Kunstwerk sein oder nicht sein soll, zum Ausdruck zu bringen. *Leere Menge* zielt darauf ab, ›eine Installation in situ auf dem Gebiet der Literatur‹ zu sein, wie einmal die brillante Kuratorin Roselín Rodríguez äußerte, sowie – spiegelbildlich – eine nicht-retinale Erzählung innerhalb der zeitgenössischen Kunst. Ein Artefakt, das bestenfalls für die Debatte über die Gegenwart relevant ist und das in seinem Ergebnis Science-Fiction im wörtlichen Sinne ist.

Als ich damit fertig war, in meinen Notizen und Durrell-Ausgaben zu blättern, fragte ich mich – so musste es ja kommen –, wie, wo und wann *Leere Menge* eigentlich endet. Diesen Moment ausfindig zu machen, fällt mir um einiges leichter:

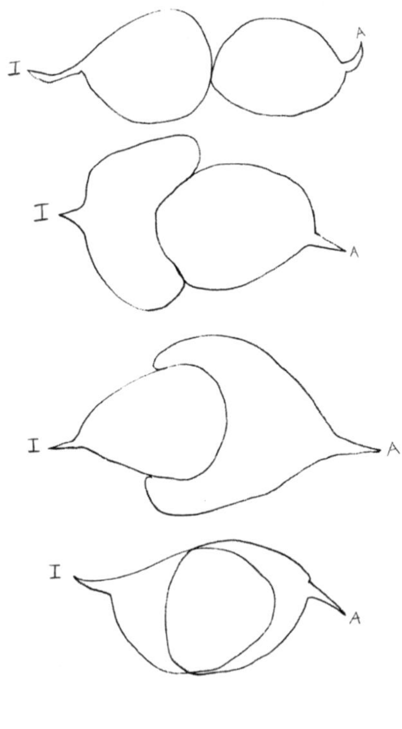

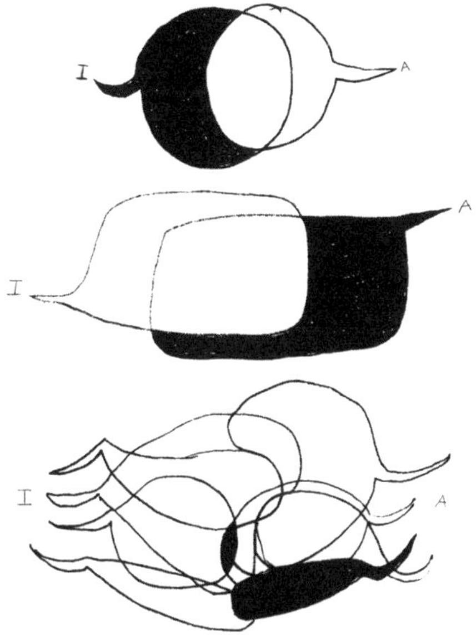

Diese Passage, in der Alonso(A) und ich(I) zu sehen sind, habe ich in dem Heft mit den finalen Zeichnungen für *Leere Menge* aus dem Jahr 2013 entdeckt. Es wirkt so, als seien wir noch dieselben Personen, aber eigentlich sind wir schon Objekte einer neuen Geschichte. Die runden Mengenkreise sind auf subtile Weise zu Sprechblasen geworden; das Schwarz und das Weiß, die früher die Beziehungen zwischen dem Vollen und dem Leeren symbolisierten, stehen jetzt eher für die zwischen Rede, Lärm und Stille. Später wird das ›A‹ aus Alonso zu einem ›Du‹ und den übrigen Personalpronomen, um gemeinsam *Die Sprecher* zu bilden; ein Kunstwerk, das ich (kuratiert von Amanda de la Garza und Cecilia Delgado Masse) im Museo Universitario de Arte Contemporáneo (2014) und im Museo Amparo (2016) gezeigt habe.

Im selben Heft gibt es ein paar Versuche, ein Ende zu finden. Zum Beispiel das Bild auf der Umschlagrückseite und dieses hier:

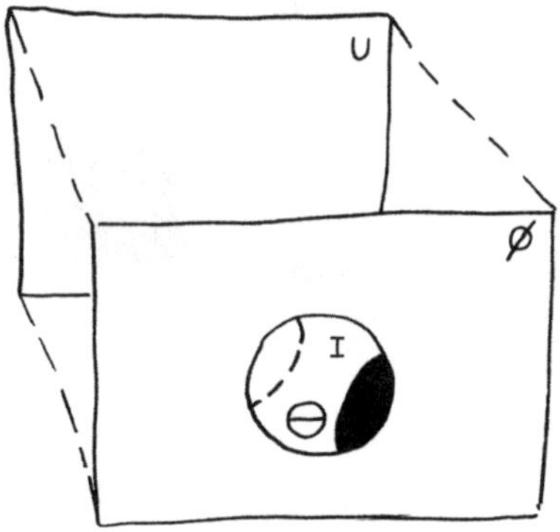

Es handelt sich um alternative oder auch parallele Enden, die, jedenfalls für mich, den Moment zeigen, in dem sich der Roman auf den damals noch langen und verschlungenen Weg zurück zu seinem Anfang begibt. Denn *Leere Menge* hat keinen Anfang und kein Ende: Es ist ein Salz*bumerang.* Und genau deshalb bin ich mir sicher, dass dieses Nachwort vollkommen anders und doch vollkommen gleich wäre, wenn ich es nochmals schreiben würde. Vielleicht wäre eine andere Verónica in der Lage gewesen, andere Dokumente, Materialien und geheime Geschichten zu enthüllen.

VERÓNICA GERBER BICECCI
Mexiko-Stadt, 1. Februar 2021

QUELLEN UND HINWEISE

S. 46: Die fiktive Ausstellung im Tamayo-Museum ist eine Hommage an die Arbeiten der folgenden Künstler:innen zum asemischen Schreiben: Cy Twombly (S. 45), Ulises Carrión (S. 110), Alighiero Boetti (S. 111), Jacques Calonne und Marcel Broodthaers (S. 112), Carlfriedrich Claus und Mirtha Dermisache (S. 113), Roberto Altmann (S. 114), Clemente Padín und Vicente Rojo (S. 115), Carlos Amorales (S. 116).

S. 50: Referenz auf den dokumentarischen Essayfilm von Patricio Guzmán *Nostalgia de la Luz*, Chile 2010.

S. 56: Gedichtzeilen aus: José-Leonel Torres, *Cono de sombra* [Schattenkegel], Siglo XXI Editores (La Creación Literaria), Ciudad de México 1997. Übersetzung: Birgit Weilguny

S. 68: Das Wort *Zigeuner* wurde verwendet, um die Aussage der literarischen Mutterfigur (in Mexiko, etwa in den 1980/1990er Jahren) authentisch wiederzugeben. Das Wort *gitanos* im spanische Original ist vergleichsweise weniger stark, da es einen anderen etymologischen Ursprung hat und auch als Eigenbezeichnung noch weiter verbreitet ist.

S. 104: Während der Militärdiktatur in Argentinien (1976–1983) versammelten sich auf der *Plaza de Mayo* im Zentrum von Buenos Aires wöchentlich die Mütter und Großmütter der sogenannten *desaparecidos* [Verschwundenen]. Sie protestierten gegen das gewaltsame Verschwinden ihrer Söhne, Töchter und Enkelkinder und forderten die Freilassung der Verhafteten bzw. Informationen über ihren Verbleib. Auch nach dem Ende der Diktatur setzen sich Menschenrechtsorganisationen wie die *Madres de Plaza de Mayo* für eine strafrechtliche

Aufarbeitung der Menschenrechtsverletzungen und die Entschädigung von Opfern ein und engagieren sich gedenkpolitisch. Die öffentlichen Versammlungen finden bis heute jeden Donnerstag vor dem Präsidentenpalast statt.

S. 211–217: Zitate (teils adaptiert) aus: Lawrence Durrell, *Balthazar*, Hamburg 1959, S. 7 f. Übersetzung: Gerda von Uslar, Adaptionen: Birgit Weilguny

DANKSAGUNGEN

Ich danke Francisco Goldman und dem Literaturpreis Aura Estrada, der Ucross Foundation, der Ex-Hacienda Guadalupe, Oaxaca und dem Ledig House für Stipendien sowie den Raum und die Zeit zum Schreiben.

Jorge F. Hernández für seine grenzenlose Großzügigkeit und weil er mich zum Weiterschreiben animiert hat.

Elisa Navarro Chinchilla, Luis Carlos Hurtado und Néstor García Canclini danke ich für ihre Lektüre des fertigen Manuskripts und ihre Anmerkungen.

Guillermo Quijas, dass er *Leere Menge* verlegt hat, für seine Lektüre und dafür, dass er die vorliegende Neuausgabe vorgeschlagen hat. Ich danke außerdem dem gesamten Team bei Almadía, dass sie das Buch so herzlich aufgenommen haben.

Claudia Castañeda und Sara Uribe danke ich dafür, dass sie gemeinsam mit mir den Epilog geschrieben und mich auf dem schwierigen Weg zurück zu den Anfängen begleitet haben.

Guillermo Espinosa Estrada, Juan Pablo Anaya und José Aurelio Vargas, weil sie mit mir mit- und neugedacht und mit mir geschrieben haben: ohne sie gäbe es *Leere Menge* nicht.

AUTORIN UND ÜBERSETZERIN

VERÓNICA GERBER BICECCI, 1981 in Mexiko geboren, ist eine bildende Künstlerin, die schreibt. Ihre erste Arbeit am Übergang von Wort und Bild war *Mudanza* [Der Umzug] (2010), ein Essayband über Autor:innen, die bildende Künstler:innen geworden sind. Diese Perspektive vertieft sie in ihren Arbeiten für Museen und Galerien als auch in ihren Büchern. So zum Beispiel in der Einzelausstellung *Descalzos los pies, los campos en ellos, sentiré al acreedor de la tierra en mis palmas desnudas* [Mit bloßen Füßen, den Feldern darauf, werde ich den Gläubiger der Erde auf meinen nackten Sohlen spüren] (2021) in der Galerie Proyectos Monclova in Mexiko-Stadt und in *La tierra es plana como una hoja (y cabalga en el aire)* [Die Erde ist so flach wie ein Blatt (und reitet durch die Lüfte)] (2021, Gato Negro Ediciones). Sie war Herausgeberin bei Tumbona Ediciones, einem Verlag mit einem Programm zu zeitgenössischer Kunst und Philosophie. Derzeit leitet sie gemeinsam mit Guillermo Espinosa Estrada die Schreibwerkstatt *Taller permanente de escritura diagonal* und unterrichtet bei SOMA, einer Einrichtung für kulturellen Austausch und Kunstpädagogik, und an der UDLAP (Universidad de las Américas Puebla).
www.veronicagerberbicecci.net.

BIRGIT WEILGUNY (*1980) übersetzt aus dem Spanischen und Katalanischen für Film, Bühne, Lyrikfestivals, Lesungen und Zeitschriften sowie Sachbücher und Romane und dolmetscht bei Kulturveranstaltungen. Sie unterrichtete Übersetzen an der Universität Wien und arbeitete auch im Kulturmanagement. Im MaroVerlag erschien in ihrer Übersetzung *Única blickt aufs Meer* von Fernando Contreras Castro. www.literatur-uebersetzen.wien

Conjunto vacío erschien im Original im Jahr 2015. Die deutsche Ausgabe folgt der Fassung des Buches, das 2021 im Verlag *Almadía Ediciones,* Ciudad de México, erschien und von der Autorin um ein Nachwort ergänzt wurde. Für *Conjunto vacío* erhielt Verónica Gerber Bicecci den 3. Literaturpreis Aura Estrada sowie den Premio Cálamo Otra Mirada.

2. Auflage Oktober 2023

ISBN 978-3-87512-671-6

Die Arbeit der Übersetzerin am vorliegenden Text wurde vom Deutschen Übersetzerfonds gefördert.

Gesetzt aus der Goudy und Mr Eaves
Gedruckt auf säurefreiem, alterungsbeständigen Werkdruckpapier

Text und Zeichnungen: Verónica Gerber Bicecci
Lektorat: Marie Kraja, Sarah Käsmayr
Korrektorat: Scherzad Taleqani, Ralf Zühlke
Satz: Sarah Käsmayr
Druck: Memminger MedienCentrum
Bindung: Thomas Buchbinderei, Augsburg

Bibliographische Information der Deutschen Nationalbibliothek:
Die Deutsche Nationalbibliothek verzeichnet diese Publikation in der Deutschen Nationalbibliographie; detaillierte bibliographische Daten sind im Internet über d-nb.de abrufbar.